Nordfälle
Krimistadtschreiber Flensburg

Seit 1999 gibt es den ersten Krimistadtschreiberpreis im deutschsprachigen Raum. Unter dem Titel „Nordfälle" schreibt das Kulturbüro Flensburg alle zwei Jahre einen dreimonatigen Aufenthalt für Krimistadtschreiber aus. Dem Gewinner winken ein Sommer in Flensburg bei freier Kost und Logis sowie ein Preisgeld. Neben Martina Bick, der amtierenden Stadtschreiberin, war 1999 bereits Gunter Gerlach in Flensburg zu Gast. Sein Ergebnis: der Roman *Falsche Flensburger.* (Weitere Information für interessierte AutorInnen: Lutz Jahre; E-mail: kulturbuero@flensburg.de)

Zu diesem Buch
Zu Wasser, zu Lande und in der Luft: Bei der turbulenten Suche nach Anhaltspunkten aus dem Leben einer Hamburger Leiche verschlägt es Hauptkommissarin Marie Maas weiter gen Norden nach Flensburg. Hier begleitet sie auf Schritt und Tritt die bewegte Vergangenheit der Fördestadt, denn nicht immer lebten die Deutschen und Dänen in trauter Eintracht nebeneinander.
Heute schön, morgen tot besticht durch gewissenhafte historische Recherchen und detailfreudige Schilderungen, die das Flair und die Milieus einer norddeutschen Hafenstadt lebendig werden lassen.

Martina Bick, geboren 1956, studierte Philosophie, Musikwissenschaft und Germanistik. Sie lebt in Hamburg und veröffentlichte u.a. sieben Krimis mit Kriminalkommissarin Marie Maas.

Martina Bick

Heute schön, morgen tot

Ariadne Krimi 1138
Argument Verlag

Ariadne Krimis
Herausgegeben von Else Laudan
www.ariadnekrimis.de

Von Martina Bick bei Ariadne bereits erschienen:

Blutsbande (Ariadne Krimi 1130)

Heute schön, morgen tot (Ariadne Krimi 1138)

Deutsche Originalausgabe

Eppendorfer Weg 95a, 20259 Hamburg
Telefon 040/4018000 – Fax 040/40180020
www.argument.de
Texterfassung durch die Autorin
Lektorat: Ulrike Wand
Umschlaggestaltung: Martin Grundmann
Satz: Iris Konopik
Belichtung: Satzwerk, Göttingen
Druck: Alfa Druck, Göttingen
Gedruckt auf säure- und chlorfreiem Papier
ISBN 3-88619-868-5
Erste Auflage 2002

Für F.

Kapitel 1

Pünktlich um neun Uhr siebzehn erreichte der Interregio aus Flensburg den Hamburger Hauptbahnhof. Inga Blatt stieg direkt an der Rolltreppe aus dem Zug und fuhr hinauf in die Wandelhalle. Dort blieb sie erst mal stehen, obwohl die Leute hinter und neben ihr schubsten und drängelten und sich ärgerlich an ihr vorbeidrückten. Links hinunter ging es zu den S- und U-Bahn-Schächten. Aber Inga wandte sich nicht nach links, sondern überquerte rechts die Gleisbrücke. Durch einen Tunnel gelangte sie wieder über eine Rolltreppe in die Mönckebergstraße, wo der dumpfe Bahnhofslärm abgelöst wurde vom ohrenbetäubenden Presslufthämmern einer staubigen Großbaustelle. Sie flüchtete hinter den ersten besten gläsernen Eingang. Kein Kaufhaus, eine Parfümerie.

Inga ging tiefer in das Geschäft hinein, eine glitzernde, duftende Märchenhöhle. Das warme Licht tat ihren Augen gut, und in den verspiegelten Wänden sah sie, dass es auch ihrem Teint schmeichelte. Sie blieb stehen und schaute aufmerksam an, was sie sah: ein ernstes rundliches Gesicht, wachsame graublaue Augen mit harten Schatten unter den Lidern, zwei steile Falten zwischen Wange und Nase. Unter dem Kinn begann sich ein Doppelkinn abzuzeichnen. Ihre ungezupften Augenbrauen schienen ihr heute breiter und dunkler zu sein als sonst. Das grau melierte Haar war frisch geschnitten, sie trug es schlicht halblang; praktisch, aber streng. Der neue Schnitt betonte die Rundheit ihres Gesichts. Der Mund zuletzt ließ keinen Zweifel an ihrer Geisteshaltung: Er war nur ein schmaler Strich.

Inga hob die linke Hand – in der rechten trug sie ihren Lederrucksack – und ließ sie wieder sinken. Sie lächelte. Schon vor Jahren, damals, als sie begann, nicht mehr jung und frisch und offen für alles und jedes auszusehen, hatte sie beschlossen, sich mit ihrem Gesicht anzufreunden. Sie hatte sich dafür entschieden, auf Charakter zu setzen, nicht auf Schönheit.

Mit einem kleinen Schwung hängte sie ihren schwarzen Rucksack über die rechte Schulter und schlenderte an den Regalen mit teuren Kosmetika vorbei. Vor einem großen Ständer mit Lippenstiften blieb sie stehen – Dior, Shiseido, Yves St. Laurent, Namen wie Städte, Urlaubsversprechen, Schönheitsversprechen. Sie ließ ihre Augen über die Probestifte gleiten, die in allen denkbaren Rot-, Rosa- und Brauntönen nebeneinander aufgereiht waren wie auf einer Farbpalette. Am besten gefiel ihr das dunkle Blutrot. Ein Mund wie eine Rose.

Hinter den Lippenstiften begann das Reich der Düfte. Das Licht wurde gedämpfter, die Luft schwer von Moschus und Rosenöl. Niemand stand vor den Regalen mit den sündhaft teuren Fläschchen. »Shalimar« las Inga und bewegte dabei stumm die Lippen. Elsas Lieblingsparfüm. Inga langte nach dem Probeflakon aus dunklem Glas und sprühte einen Hauch auf einen Teststreifen. Augenblicklich verbreitete sich der bittere, fast widerlich strenge Geruch, der die Schleimhäute reizte, als würde man seine Nase zu tief in einen duftenden Blumenstrauß stecken. Sobald die Flüssigkeit auftrocknete, wurde der Geruch sanfter und fing an, seine köstlichen vielfältigen Noten zu entfalten – etwas Mildes, Beruhigendes, wie Kamille oder eine sanfte Creme, etwas abenteuerlich Asiatisches, schwer verdaulich, aber geheimnisvoll, dazu ein Hauch Blütenduft, der vor dem inneren Auge Farben auferstehen ließ. Nichts Süßliches, nichts Frisches. Eher etwas Dunkles, Verschwiegenes, das perfekt zu Elsa passte, so wie sie sich selbst sah.

Chamade, Liu, L'heure bleue, Vol de nuit. Inga griff nach dem letzten Flakon und testete ihn. Wieder der ungenießbare Anfang, dann das Auffächern von tausenderlei Komponenten, wie nur ein schweres, teures Parfüm sie besitzt, die Konsolidierung der Duftnoten, und dann, wie in einer Zeitlupe, das Aufblühen der endgültigen, dauerhaften Bestandteile. Ein wunderbarer nächtlicher Duft, wie er einem bei einem Abendspaziergang zwischen

Sommergärten in die Nase steigt. Zu romantisch für Inga Blatt. Viel zu romantisch für das, was sie heute vorhatte. Zu ernst nach allem, was sie dafür hatte tun müssen.

Jardin de Bagatelle las sie als Nächstes und griff rasch nach dem Flakon. Was für ein Name: »Garten der Kleinigkeiten«. Als hätte der Hersteller ihn speziell für sie erfunden. Wenn er hielt, was er versprach, war das genau der Duft, der von nun an zu ihr passen würde. Sie sprühte einen Hauch auf beide Handgelenke und wartete nicht ab, bis die Duftnoten sich entfalteten. Sie angelte einen der weißen goldverzierten Kartons aus dem Regal und stellte sich vor der Kasse an, wo ein elfenzartes Wesen das Parfüm auf Nachfrage in einer Einkaufstüte versenkte, ohne es extra in farbiges Seidenpapier einzuhüllen. Inga legte ihre Kreditkarte auf den Tresen und ließ einhundertneununddreißig Mark von ihrem Konto abbuchen. Als sie wieder auf die Straße trat, schnappte sie gierig nach frischer Luft. Hamburg roch immer fischig und klamm und ein bisschen nach Maschinenöl. Flensburg roch anders.

Wie einen Seidenschal ließ sie den schweren Parfümduft hinter sich herflattern und eilte, tief den fremden Odem dieser Stadt inhalierend, die Mönckebergstraße hinunter Richtung Jungfernstieg.

Kapitel 2

Der Dekan klopfte mit der flachen Hand auf den Tisch. Die andere hielt er wie einen Schirm vor die Augen, die Sonne blendete heftig. Dann zogen wieder Wolken auf und verdunkelten den großen Sitzungsraum. Es lohnte sich nicht, die schweren gummierten Vorhänge zu schließen.

Der Tumult legte sich. Die Mitglieder des Fachbereichsrats beruhigten sich nach und nach und stellten ihre Privatgespräche ein. Nur Lydia Kockelin, Professorin für Grundschulpädagogik, redete unbeirrt weiter mit ihrem Tischnachbarn, dem geschäftsführenden Direktor des Instituts für Berufs- und Wirtschaftspädagogik, Professor Bamm. Der nickte fortwährend mit gesenktem Kopf, sank immer tiefer in die Polster seines Sessels, als könne er der Kollegin auf diesem Weg entkommen oder sie zumindest dazu bewegen, leiser zu sprechen. Ohne Erfolg.

»Ich finde es wirklich unmöglich, dass man das erst jetzt erfährt«, wiederholte Frau Kockelin an die ganze Runde gewandt.

Alle Blicke ruhten sowieso auf ihr, das heißt, die Blicke der sieben anderen Professorinnen und Professoren, der beiden Studierenden, von Frau Gräbert aus der Verwaltung und Herrn Paul, dem Planer des Fachbereichs. Nur die Protokollantin sah nicht auf, und auch die Gäste, Herr Butz und Frau Nölte, waren mit ihren Unterlagen beschäftigt. Sie waren nur anwesend, um unter Tagesordnungspunkt acht die Ausschreibung für eine neue Professur an ihrem Institut vorzustellen.

Jens Knudsen, Professor für Freizeitpädagogik am Institut IV des Fachbereichs Erziehungswissenschaft der Universität Hamburg sah unauffällig auf die Uhr. Schon zwölf, und nicht mal die Hälfte des öffentlichen Teils der Sitzung geschafft. Dabei hatte er gehofft, um zwei Uhr fertig zu sein, damit sie rechtzeitig auf die

Autobahn Richtung Flensburg kamen, ehe die Nachmittagstaus begannen.

»So einfach werde ich das nicht durchgehen lassen«, beharrte Kockelin. »Wir brauchen die beiden C3-Stellen an unserem Institut. Mit noch mehr Lehrbeauftragten ist niemandem geholfen. Vor allem nicht den Studierenden. Schon weil Lehrbeauftragte, wie wir alle wissen, nicht prüfungsberechtigt sind.« Sie fixierte die beiden Vertreter der Studentenschaft ihr gegenüber.

»Liebe Kollegin, ich bitte Sie. Noch ist gar nichts geschehen«, versuchte der Dekan, der an der Stirnseite des Tisches präsidierte, zu beruhigen.

Er war wie immer sehr förmlich gekleidet, mit Anzug, Schlips und Kragen, registrierte Knudsen. Auch die anderen schwitzten in ihren Anzügen und Kostümen. Nur er, Knudsen, machte seinem Ruf als Däne mal wieder alle Ehre. Er trug ein kariertes kurzärmliges Hemd, Jeans und eine Weste mit tausend Taschen, wie er sie beim Segeln trug.

»Ich weiß gar nicht, was Sie immer gegen die Lehrbeauftragten haben, Frau Kockelin«, mischte er sich in die Diskussion. »Die haben wenigstens noch Ehrgeiz und Fantasie, sitzen hier nicht nur ihre Zeit ab und verkriechen sich in Forschungsprojekten. Sehen Sie sich nur mal das Lehrangebot einiger Kollegen an.« Sein Deutsch war tadellos und sein kleiner dänischer Akzent – die etwas schärfer gesprochenen Konsonanten und Zischlaute sowie die leicht singende Wortmelodie – wurde von den Kollegen immer wieder mit Sympathie aufgenommen. Die verflog heute jedoch, noch ehe er ganz ausgesprochen hatte.

»Nur weil Ihre Frau es nicht geschafft hat, sich eine feste Stelle zu ergattern, brauchen Sie jetzt nicht das Lager zu wechseln«, schoss Lydia Kockelin scharf zurück. Das allgemeine Gemurmel erreichte einen neuen Höhepunkt.

»Ich bitte Sie«, fuhr der Dekan dazwischen. »Wir diskutieren hier heute nicht das Lehrangebot. Ich schlage vor, wir vertagen die Diskussion auf die nächste Sitzung, wenn klar ist, in welchem Rahmen wir mit Einsparungen rechnen müssen. Wir kommen damit zu Tagesordnungspunkt sieben, Bericht aus dem Ausschuss für Lehre und Studium. Bitte, Herr Woller, Sie haben das Wort.« Er lehnte sich zurück, während Helmut Woller, Prodekan für Lehre und Studium, anfing zu reden.

Woller, mit achtundvierzig Jahren einer der jüngsten Kollegen am Fachbereich, warf der Kollegin Kockelin, die immer noch wie ein Maschinengewehr auf ihren Sitznachbarn einredete, von Zeit zu Zeit einen knappen abschätzigen Blick zu und erläuterte ansonsten ohne sich irritieren zu lassen die Tischvorlage, die von der Protokollantin herumgegeben wurde.

Es gab Wissenschaftler in Deutschland, die nur durch ihre Rhetorik bestachen und die so lange reden konnten, bis sie einem ein X für ein U vorgemacht hatten. Knudsen hatte den Eindruck, sie wusssten oft gar nicht so genau, wovon sie sprachen. Es war eigentlich auch ganz egal. Sie beherrschten nur die Kunst, sich mit Worten so in eine Idee hineinzuschrauben, dass schließlich auch die ärgsten Zweifler es aufgaben, ihre Argumentationen auf Tatsachen hin abzuklopfen und gegebenenfalls aus den Angeln zu heben. Woller gehörte nicht zu ihnen. Er war zwar ein Mann mit einer begnadeten Stimme, klangvoll, kräftig und beherrscht, und er verfügte auch über ein perfektes, glasklares Argumentationsvermögen. Aber seine große Liebe gehörte den Zahlen. Die allerdings verstand er so spannend aufzubereiten wie einen Kriminalroman. Sein Vortrag über die Verteilung von Tutorenmitteln nach einem sorgfältig ausgetüftelten Schlüssel führte die Mitglieder des Rats weit weg von den brisanten Eröffnungen des Dekans über die anstehenden Streichungen von Haushaltsmitteln im nächsten Planungszeitraum. Auch Lydia Kockelin hörte irgendwann auf zu flüstern und studierte mit gezücktem Stift die Tabellen auf der Tischvorlage.

Irgendwann ging leise die Tür auf. Frau Hacke aus dem Dekanat schlüpfte in den Raum, orientierte sich kurz und nahm dann auf dem nächsten besten Stuhl neben der Tür Platz. Dann ging noch einmal die Tür auf und ein verspäteter Student, Timo Becker, stellvertretendes Mitglied des Fachbereichsrats, kam herein. Er sah zerzaust aus, als wäre er den ganzen Weg von zu Hause gerannt. Knudsen kannte ihn aus einem Proseminar. Schon in der Orientierungseinheit war der Junge ihm aufgefallen, vor allem seine Fähigkeit, wissenschaftlich zu denken. Er schien zudem ein Zahlengenie zu sein. Er verstand es genau wie Professor Woller, der am Fachbereich den Lehrstuhl für quantitative Methoden innehatte, eine nüchterne Statistik nicht nur zu verstehen, sondern auch weniger talentierten Zeitgenossen plausibel zu machen. Nur Elsa hatte mal Probleme mit ihm gehabt. Er hatte es mit der Anwesenheitspflicht in den Proseminaren wohl nicht so genau genommen. Womöglich würde man von ihm noch hören. Dennoch einer der Guten.

Auch bei einer so schwer zu fassenden Materie wie die Pädagogik es nun einmal war, fand Knudsen es wichtig, dass die Studierenden Strukturen erkennen und wissenschaftliches Material auf Punkt und Komma genau auswerten konnten. Aber manchmal hatte er den Eindruck, dass er unter seinen Kollegen mit diesem Ziel recht einsam auf weiter Flur dastand. Die Schwafler mit den wortgewaltigen Gedankenzöpfen, die sie wie Stricklieseln pausenlos vor sich hin produzierten, blieben immer in der Überzahl. In Dänemark hätten solche Kollegen keine Chance in der Wissenschaft. Auch in Amerika bekämen sie keinen Fuß auf den Boden. Nur in Deutschland war man so höflich, ihnen zuzuhören. Sicherlich hatte er, Knudsen, es unter ihnen nur deshalb so weit gebracht, weil er es verstand, seine nüchternen Ansichten in einem trockenen, humorigen und unbedingt kurzen Redestil vorzubringen. Zudem polarisierte er gern. Das mochten die Kollegen. Alle Menschen lachen gern, auch und gerade Wissenschaftler.

Als der Kollege Woller mit seinem Tagesordnungspunkt fertig war, stand Frau Hacke leise auf, schlich um den Tisch herum zu Knudsen und beugte sich zu ihm hinunter. Professor Woller blickte schweigend in seine Unterlagen und wartete auf Wortmeldungen aus dem Gremium. Es war mucksmäuschenstill im Raum. Alle sahen auf Frau Hacke und Knudsen, der nicht zu verstehen schien, was die Sekretärin ihm ins Ohr flüsterte. Auch Lydia Kockelin schwieg, zupfte nur nervös mit den Fingern an einer Erdnusstüte, die sie seit Beginn der Sitzung im Begriff war leer zu knabbern. Der Dekan starrte stirnrunzelnd auf die große, aus vielen einzelnen Elementen zusammengeschobene Tischfläche zwischen ihnen. Die Protokollantin kontrollierte das Bandgerät. Sie würde demnächst die Kassette auswechseln müssen, wofür sie gern die Gesprächspausen nutzte. Aber noch lief das Band.

Jens Knudsen sprang auf. »Es tut mir Leid. Ich muss fort.«

Der Dekan sah überrascht auf. Die Sekretärin, winzig klein auch neben Knudsen, der nur knappe ein Meter fünfundsiebzig maß, zuckte hilflos die Achseln.

»Es ist –«, begann sie und brach gleich wieder ab.

»… meine Frau«, stotterte Knudsen, sammelte sich dann und machte sich sehr gerade. »Ich habe eben erfahren, dass meine Frau verstorben ist. Bitte entschuldigen Sie mich.«

»Um Himmels willen«, murmelte der Dekan. »Die Sitzung ist unterbrochen.«

Kapitel 3

Oft ist es nur eine einzige Komponente, eine winzige Kleinigkeit, die so entscheidende Dinge wie Leben und Tod für uns sichtbar macht. So hatte Marie es sich einmal von einem Kunsthistoriker erklären lassen. Leichenblass – das sagte man so dahin. Wenn man dann wirklich einen Toten sah, wurde einem die Bedeutung des Wortes erst richtig bewusst. Wie Porzellan, so hell und zart ist seine Haut, aus der alles Blut gewichen ist. Er ist ein Engelchen. Er sieht aus wie wir, ist aber nicht mehr einer von uns.

Von hinten sah es aus, als ob Elsa Knudsen-Hoppe über ihren Schreibtisch gebeugt nur eingeschlafen wäre. Die blassen Arme waren in einem sanften Halbrund vor ihr ausgebreitet, der Kopf ruhte mit der rechten Schläfe auf der Tischplatte. Die kupferrot gefärbten Locken waren ihr ins Gesicht gefallen. Auf den ersten Blick konnte man unter dem üppigen Haar die Stelle nicht ausmachen, wo der Schlag auf den Hinterkopf sie getroffen hatte. Die Augen hatte man ihr schon geschlossen.

»Können Sie etwas über den Todeszeitpunkt sagen, Doktor?«, fragte Marie Dr. Salz von der Gerichtsmedizin, der zusammen mit der Spurensicherung den Tatort bereits untersucht hatte.

»Ich berechne gerade den Temperaturausgleich. Zwischen fünfzig und sechzig Kilo, schätze ich, wiegt die Tote. Was meinen Sie?«

Marie trat einen Schritt zurück. Elsa Knudsen-Hoppe war schlank, etwa so groß wie sie selbst, aber viel dünner. Sie nickte.

»Also fünfundfünfzig Kilo, die Raumtemperatur beträgt zweiundzwanzig Grad, Rektaltemperatur fünfunddreißig Grad, das macht – Augenblick bitte …« Der Doktor legte ein abgenutztes Holzlineal an eine kurvenreiche Tabelle und zog mit dem Kugelschreiber eine Linie durch ein Fadenkreuz. »Zwei Komma fünf Stunden bei einer Abweichung von zwei Komma acht Stunden.

Der Todeszeitpunkt liegt also etwa zwischen halb neun und halb zwölf Uhr heute Morgen. Die Leichenflecken lassen sich noch gut wegdrücken. Totenstarre setzt gerade ein. Ich schätze, sie liegt unter drei Stunden.« Er sah auf seine Uhr. Es war kurz vor eins. »Zehn Uhr, plus minus eine gute Stunde.«

Marie seufzte. Die Tote hatte wunderbar zarte, manikürte Hände. Sicherlich gab es eine Geschirrspülmaschine in der Küche.

»Sieht aus, als hätte sie irgendetwas festgehalten.«

Dr. Salz schüttelte den Kopf. Er strich das Haar der Toten auseinander und blickte kritisch auf die Kopfwunde, aus der nur wenig Blut ausgetreten war. »Die war sofort tot. Vielleicht ist ihr das hier aus der Hand gefallen.« Er zog ein schmales Buch unter ihrem Oberkörper hervor.

»*Schuldgefühl und Schuldkomplex*«, las Marie halblaut vor. »›Untersuchung über die Aufarbeitung des Nationalsozialismus in der Gesellschaft und in der Schule – Dissertation zur Erlangung des akademischen Grades eines Doktors – vorgelegt von Elsa Nadine Knudsen-Hoppe geborene Hoppe aus Flensburg. August 1982.‹« Marie blätterte die Seite um. »›Für I.‹, eine Widmung.« Sie ließ das Buch sinken und sah über den Rücken der Toten hinweg durch ein hohes, geteiltes Fenster in einen Garten, der vor Grün fast zu platzen schien. Die hellgelbe Wand des gegenüberliegenden Hauses – das musste die Rückseite der Haynstraße sein – war nahezu vollständig vom Laub verdeckt. Nur die beiden obersten Stockwerke lugten durch den Urwald aus Buchen, Erlen, alten Rosensträuchern, voll erblühten Rhododendren, Flieder- und Holunderbüschen. An so einem Platz konnte man sicher gut arbeiten, sich konzentrieren. Tags den Blick ins Grüne, abends wunderbare Ruhe. Marie steckte die Dissertation in ihre Handtasche.

Das rechte Ende der Schreibtischplatte reichte bis an das Bücherregal, das die gesamte rückwärtige Wand des Zimmers von der Decke bis zum Boden einnahm. Am linken Ende stand ein moderner Computertisch. Er war leer bis auf ein loses Kabel und ein rechteckiges Mouse-Pad. Der Tisch hatte Rollen und ließ sich nach Belieben an den Arbeitsplatz heranziehen.

Warum hatte die Tote sich mit ihrer Dissertation beschäftigt, ehe ihr Mörder sie mit diesem Kristallaschenbecher, der neben dem Stuhl auf dem Boden lag, in den Tod geschickt hatte? Rechts und links der weißen Arme lagen Papiere, sorgfältig gestapelt, die unberührt aussahen, nicht durchsucht oder durchwühlt. »Sexualität und Wahrheit – über Michel Foucaults Theorie ›Der Wille zum Wissen‹«, »Lernen als Verschriftlichung – Eine Datenanalyse«, »Schrift und Bürgertum. Zur Sozialgeschichte des Schreibens«. Seminararbeiten aus dem Sommersemester 2001.

Marie zog das Vorlesungsverzeichnis der Hamburger Universität aus dem rechten Stapel und blätterte so lange, bis sie das Inhaltsverzeichnis am Ende des dicken Büchleins fand. Knudsen-Hoppe hielt zwei Seminare bei den Erziehungswissenschaftlern, Institut für Allgemeine Erziehungswissenschaft: *Geschlecht, Differenz und Erziehungswissenschaft,* zweistündig dienstags, 14 bis 16 Uhr. Unter »Weiterführende Seminare« tauchte noch einmal der Name der Toten auf. *Das Textbegehren und seine Supervision,* donnerstags, 12 bis 14 Uhr.

Donnerstag, das war heute. Jemand sollte in der Uni anrufen und den Nachmittagskurs absagen.

»Sie scheint überrascht worden zu sein, was meinen Sie?«, fragte Marie und drehte sich nach dem Doktor um, den sie eben noch hinter sich hatte rumoren hören. Aber er hatte den Raum mittlerweile verlassen. Nur seine Tasche stand noch geöffnet vor der hellen Biedermeierkommode. Marie legte einen Finger zwischen die Seiten des Vorlesungsverzeichnisses und überquerte den Flur auf der Suche nach dem Zimmer, aus dem die Stimmen der Kollegen kamen. Die Spurensicherung hatte sich inzwischen die Küche vorgenommen. Der Fotograf packte sein Stativ schon wieder zusammen. Karsten Scholz und Susanne Bollmann von der Kripo standen mit Dr. Salz auf dem Balkon des Schlafzimmers und starrten auf die Kreuzung der beiden Kanäle, die man von hier aus zwischen dem Grün der Ufervegetation erkennen konnte. Der Doktor hatte sich gerade eine seiner ekelhaften Havannas angezündet. Marie drückte Susanne das Vorlesungsverzeichnis in die Hand und bat sie, die Geschäftsstelle zu verständigen.

»Sie muss überrascht worden sein. Sie hatte keine Chance, sich zu wehren, oder?«, wiederholte Marie ihre Frage an den Doktor.

»Das werden wir heute Nachmittag bei der Obduktion sehen. Aber Sie haben Recht, es sieht ganz so aus.«

»Das heißt, sie ist an ihrem Schreibtisch umgebracht worden.«

»Würde ich sagen. Sonst gäbe es Blut- und Schleifspuren auf den Böden.«

Marie ging zurück in die Wohnung. Der Balkon gehörte zum Schlafzimmer. Das breite französische Bett war ordentlich gemacht und mit einer dunklen Tagesdecke überworfen worden. Der rechte Nachttisch war leer bis auf die Lampe. Kein Buch, kein Päckchen Taschentücher, keine Pillen, weder Stift noch Creme noch Wasserglas oder was man sonst so brauchte im Laufe der Nacht. Ein dünner Staubfilm lag auf dem Rauchglas der Tischplatte. Auf dem linken Nachttisch stand ein Wecker. Die Weckzeit war auf sieben Uhr eingestellt.

Die Rückseite des Raumes nahm ein großer Kleiderschrank mit Rolltüren ein. Davor lag ein heller Berber. Eine plüschbezogene Bank, auf der ausgezogene Kleidung abgelegt werden konnte, stand links in der Ecke. Aber nichts lag darauf herum. Wer auch immer dieses Zimmer bewohnte, er war ein sehr ordentlicher Mensch.

»Ich schlafe im Augenblick auch nicht im Schlafzimmer«, meinte Karsten, der sich hinter Marie in der Tür aufgebaut hatte und mit seinen fast zwei Metern Körpergroße leicht über ihre Schulter schauen konnte. »Die Baustelle an der Fuhlsbüttler Straße«, fügte er hinzu. »Ich lege mich lieber aufs Sofa im Wohnzimmer, und Rita schläft bei dem Baby.«

»Aber hier gibt es weder eine Baustelle unter dem Schlafzimmerfenster noch ein Baby, oder?« Marie orientierte sich in dem langen Flur. Rechts ging es ins Bad, daneben lag die Küche. Auf der anderen Seite befanden sich zwei Zimmer, die mit einer Flügeltür verbunden waren und offenbar als Wohn- und Esszimmer genutzt wurden. Außer dem Schlafzimmer und dem Arbeitszimmer der Toten gab es noch zwei Zimmer rechts und links von der Wohnungstür. Das rechte trug deutlich die Spuren eines jugendlichen Bewohners: Sport- und Pop-Poster an den Wänden, in der Ecke lehnte eine Klampfe, davor ein kleiner Berg Motorsport-Zeitschriften. Das letzte Zimmer links schien das Arbeitszimmer des Gatten zu sein. Es war getäfelt und mit einem modernen Schreibtischensemble aus hellem Holz ausgestattet. Die Arbeitsflächen quollen über von Papieren. In der Ecke stand ein großes Bett, dessen Decken nur flüchtig aufgeworfen waren. Das niedrige Regal neben dem Bett diente offenkundig als Abstellfläche.

Marie ging tiefer in das Zimmer hinein und blieb vor dem Schreibtisch stehen. Hier wurde fleißig gearbeitet. Auf dem Computertisch in diesem Zimmer war ein Rechner mit Drucker und Bildschirm aufgebaut.

»Na bitte, da haben wir ja das zweite Bett«, sagte Karsten, der hinter ihr ins Zimmer getreten war.

»Fehlt nur noch der Ehemann.«

»Ist schon unterwegs.«

»Professor Knudsen, ja?«

»Professor Doktor Jens Knudsen, Fachbereich Erziehungswissenschaft an der Uni Hamburg. Ein Däne, lebt aber seit fast dreißig Jahren in Deutschland. Er müsste jeden Augenblick hier sein.«

»Und wo ist die Putzfrau, die die Tote gefunden hat?«

»Sitzt in der Küche und wartet auf dich. Sie kommt übrigens zweimal in der Woche, montags und donnerstags, immer von elf bis fünfzehn Uhr.«

Marie machte Karsten ein Zeichen, ihr zu folgen, und ging ihm voraus an die Wohnungstür. »Einbruchspuren?«

Karsten schüttelte den Kopf und strich mit der Handkante über den Türstock. »Nichts. Nicht mal eine Schramme. Aber das hat nicht viel zu sagen bei diesen alten Türen. Die kann man mit einer Scheckkarte öffnen.«

»Die Fenster? Die Balkontür? Badezimmer, Gäste-WC?«

»Negativ. Wir haben alles kontrolliert.«

»Sie könnte also ihren Täter in die Wohnung gelassen haben.«

»Oder er hatte selbst einen Schlüssel.«

»Fehlt was?«

»Die Putzfrau konnte nichts feststellen.«

»Knudsen-Hoppe muss ihrem Mörder recht vertrauensvoll den Rücken zugewandt haben, um in dieser Position am Schreibtisch erschlagen worden zu sein. Sie sollte ihn gut gekannt haben.«

»Oder sie hat ihn nicht bemerkt.«

Marie seufzte. Unter dem allerersten Eindruck eines Tatorts war man der Lösung für ein paar Minuten, vielleicht waren es auch nur Sekunden, immer ganz nahe. Wie ein Medium, eine unwissende, unschuldige, unbelastete Fremde, die mehr intuitiv als logisch die Fakten in sich aufnahm, ohne sie auszuwerten, zuzuordnen, zu durchleuchten, zu hinterfragen, ließ sie sie in dieser einfachen, quasi ursprünglichen Form an sich vorbeiziehen, fügte sie ineinander, so frisch und unverbraucht sie sich ihr darboten oder wie der Täter oder die Täterin sie hinterlassen hatte. Wie man einen zerbrochenen Krug rasch wieder zusammenfügen konnte, solange die Scherben noch unverändert am Boden lagen. Was später mühevoll oder unmöglich wurde, wenn man die Reste erst säuberlich auf einem Tisch ausgebreitet hatte und sortieren, das Muster rekonstruieren, die verschiedenen Möglichkeiten durchspielten musste. Dann war dies erste Wissen vor allem Verstehen schon wieder vorbei. Schweren Herzens verabschiedete Marie sich von diesem Augenblick. Das Hineinbohren in die Tatbestände, das Auswerten von Labordaten, Analysen, Theorien, das Aufnehmen von Zeugenberichten, Verhören, Befragungen begann. Eine ungeheure Datenmenge würde gesammelt und sortiert werden, eine verwirrende Vielfalt, die täglich größer werden würde. Intuition war nicht mehr gefragt.

Stattdessen waren Gedächtnis, Logik und Fleiß gefordert. Die Langstrecke, nicht der Sprint. Geduld, nicht Eleganz. Der Alltag kehrte ein in ihrem Job. Marie holte tief Luft, um mit Karsten die Abfolge der Zeugenbefragungen zu klären. Da wurde von außen die Wohnungstür aufgeschlossen und ein mittelgroßer blonder Mann in Jeans und Sommerhemd betrat die Wohnung, die Tür sachte hinter sich ins Schloss ziehend.

»Knudsen«, sagte er, und in seinem Blick stand nackte Panik. Er sah an den beiden Kommissaren vorbei bis in das Arbeitszimmer seiner Frau, bis zum Schreibtisch, machte einen Schritt auf das Zimmer zu, blieb stehen. »Meine Frau …?«

Marie nickte und machte Platz, damit er das Zimmer betreten konnte. Sie ließ ihn einen Augenblick mit der Toten allein. Dann ging sie hinter ihm her.

Kapitel 4

»Wir können ins Wohnzimmer gehen«, sagte Knudsen, den Blick starr auf den Leichnam seiner Frau gerichtet. Dann wandte er sich abrupt um und ging Marie voran den Flur hinunter, bis in das große Zimmer mit der offenen Flügeltür. »Bitte.« Er wies auf eine mit Segeltuch bezogene Couch.

Die Zugehfrau stand plötzlich in der Tür und sah den Professor mit schwimmenden Augen an. Sie bekam kein Wort heraus, schüttelte nur den Kopf. Knudsen ging auf sie zu und legte kurz einen Arm um ihre Schultern.

»Danke, Elsbieta. Gehen Sie jetzt ruhig nach Hause. – Oder brauchen Sie sie noch?«

Marie schüttelte den Kopf. »Später vielleicht.«

Knudsen schloss die Tür und ließ sich in einem der Sessel nieder.

Das Wohnzimmer war ganz in Weiß- und Beigetönen eingerichtet. Weiße Wände, weißer Spannteppich, skandinavische Möbel, helles Holz. Es war aufgeräumt und sah ein wenig verstaubt aus wie das Schlafzimmer. Vor der Durchgangstür ins Esszimmer stand ein großer Fernseher auf einem niedrigen Kiefernregal.

»Sie kommen direkt aus der Universität?«

»Aus einer Sitzung, ja.«

»Wann haben Sie Ihre Frau zuletzt lebend gesehen?«

»Heute Morgen, als ich das Haus verließ. Etwa kurz nach acht.«

»Was hatte sie heute Morgen vor?«

Knudsen zuckte die Achseln. »Nichts Besonderes, soweit ich weiß. Wir wollten am Nachmittag nach Flensburg fahren. Wir haben da unser Boot liegen. Wir sind quasi jedes Wochenende dort.«

»Musste Ihre Frau heute nicht unterrichten?«

»Nein.«

»Aber sie hat doch donnerstags immer ein Seminar abgehalten.«

»Die Vorlesungszeit ist beendet. Ich musste nur noch diese Sitzung hinter mich bringen.«

»Hat Ihre Frau heute Morgen irgendjemanden erwartet? Eine Freundin vielleicht oder einen Handwerker?«

»Nicht dass ich wüsste. Wie gesagt, wir wollten zeitig fahren.«

Knudsen setzte sich zurecht. Er sprach langsam und schwerfällig, als müsste er sich mühsam konzentrieren und seine Gedanken immer wieder neu sortieren. Kein Wunder, er stand unter Schock. Im Übrigen war es drückend warm in diesem Zimmer. Die Fenster waren alle geschlossen, die Luft roch abgestanden und ein wenig nach feuchter Wolle und muffigem Segeltuch.

»Seit wann sind Sie verheiratet – ich würde mir gern ein Bild machen von Ihrer Frau«, sagte Marie. Sie wollte dem Mann außerdem Gelegenheit geben, sich auf die ihm bekannten Tatsachen zu besinnen.

»Wir sind – wir waren zweiundzwanzig Jahre verheiratet. Seit 1979. Wir haben uns als Studenten kennen gelernt. In Kiel – meine Frau stammt aus Flensburg, ich selbst bin Däne. Ich komme aus Aabenraa, Apenrade zu Deutsch, das liegt nahe der deutschen Grenze. Von Kiel aus sind wir zusammen nach Hamburg gegangen.«

»Ihre Frau unterrichtete genau wie Sie an der Universität?«

»Nicht ganz. Meine Frau war Lehrbeauftragte. Sie hat an ihrer Habilitation gearbeitet.«

»Sie haben Kinder, nicht wahr?«

»Einen Sohn.«

Knudsen bedeckte das Gesicht mit den Händen. Er stellte sich vermutlich vor, wie er seinem Sohn die Nachricht vom Tod seiner Mutter beibringen musste.

»Lebt Ihr Sohn noch bei Ihnen zu Hause?«

»Nein.« Er fasste sich wieder und ließ die Hände sinken. »Torben macht zur Zeit seinen Zivildienst in Bayern. Wie ist Elsa eigentlich … gestorben?«

»Ein Schlag auf den Hinterkopf. Sie muss sofort tot gewesen sein.«

Sie schwiegen beide einen Augenblick.

»Haben Sie irgendeine Idee, wen Ihre Frau so gut kannte, dass sie ihn in die Wohnung ließ, und der zu so einer Tat fähig war?«, begann Marie wieder.

Knudsen schüttelte entschieden den Kopf.

»Es tut mir Leid, aber ich muss Ihr Alibi ganz genau prüfen. Sie haben das Haus heute Morgen um kurz nach acht Uhr verlassen. Sind Sie direkt in die Uni gefahren?«

»Nein. Die Sitzung begann um zehn Uhr.«

»Was haben Sie in der Zwischenzeit getan?«

»Ich war noch im Baumarkt am Loogestieg, um Bootslack zu kaufen.«

»Für Ihr Boot in Flensburg?«

Knudsen zuckte die Achseln. »Wir hätten das auch heute Nachmittag machen können, aber ich dachte, dann wäre das schon mal erledigt. Die Autobahn ist immer so voll, wenn man später fährt.«

»Und wann waren Sie dann in der Uni?«

»Gegen neun Uhr. Ich bin erst mal ins Geschäftszimmer gegangen und habe die Post geholt.«

»Dort gibt es doch sicher eine Sekretärin, die das bestätigen könnte?«

Knudsen sah Marie erschrocken an. Dann nickte er. »Natürlich. Frau Poppenhäger hat mich ja gesehen. Ich habe mit ihr gesprochen.«

»Wunderbar. Das ist doch schon mal was.«

»Sie wollen doch nicht sagen, dass Sie glauben, ich hätte meine Frau …«

Marie erhob sich und begann, im Raum auf und ab zu gehen. Sie überlegte, Susanne hereinzurufen, um das Gespräch protokollieren zu lassen. Aber dann entschied sie sich, allein weiterzumachen.

»Ihre Frau hatte also Lehraufträge«, fuhr sie fort, ohne auf Knudsens Frage einzugehen. »Was tat sie außerdem?«

»Sie erledigte den Haushalt. Sie kümmerte sich um unseren Sohn. Sie ist … sie war immer sehr beschäftigt.«

»Würden Sie sagen, Ihre Ehe war noch intakt? Sie schliefen in getrennten Zimmern.«

Knudsen schwieg. Dann seufzte er und sagte: »Wir waren unser halbes Leben lang miteinander verheiratet. Wir hatten unterschiedliche Gewohnheiten. Ich arbeite immer bis abends spät. Elsa ging früh ins Bett und wurde nachts nicht gern gestört.«

Marie blieb vor einem Aquarelldruck von Emil Nolde stehen. Blauschwarze Iris und roter Mohn. Hübsch. Geschmackvoll, aber belanglos.

»Wer hat noch alles einen Schlüssel zu Ihrer Wohnung: Sie, Ihr Sohn, nehme ich an, die Zugehfrau – wer noch?«

»Niemand.«

»Niemand in der Nachbarschaft?«

»Früher hatten wir immer einen Schlüssel bei einer Nachbarin deponiert, wegen Torben. Aber die Leute sind dann weggezogen, und mit der Familie, die jetzt dort wohnt, haben wir keinen Kontakt. Soweit ich weiß, hat Elsa keinen Schlüssel mehr weggegeben.«

»Ihre Frau hatte sicher viele Freunde.«

»Nein, gar nicht.«

»Ein paar gute Freundinnen wird sie doch gehabt haben.«

»Meine Frau war eine Einzelgängerin. Sie konnte sehr gut allein sein. Und außerdem hatte sie ja ihre Arbeit. Sie bereitete ihre Seminare immer sehr genau vor und kümmerte sich intensiv um die Studierenden.«

»Auch privat?«

»Natürlich nicht.«

»Ich dachte, das wäre so üblich in akademischen Kreisen.«

»Nicht in Deutschland. Nicht mehr. Man siezt sich wieder an

den Universitäten und hält Abstand. Sie können es mir glauben, meine Frau war einfach nicht interessiert an anderen Leuten. Sie war sich selbst genug.«

Marie fing wieder an zu wandern. Auch die anderen Bilder, die hier an den Wänden hingen, waren von Nolde. Eine Tänzerin, eine mondäne Dame an einer Bar, schnell getuschte Zeichnungen mit sicherem Farbempfinden gestaltet.

»Die Bilder sind von meinem Schwiegervater«, erklärte Knudsen, der hinter Marie getreten war. »Er hat den Maler persönlich gekannt.«

»Lebt er noch?«

»Ja, in Flensburg. Wir –«

»Ja?«

»Wir haben schon lange keinen Kontakt mehr zu ihm.«

»Hatte Ihre Frau Geschwister?«

»Nein. Und ihre Mutter ist schon lange tot.«

»Gibt es noch andere Verwandte? Hatte sie in Flensburg oder Kiel noch Schulfreunde, Studienfreunde?«

»Nein. Wir haben nur ein paar Bekannte im Yachtclub, ansonsten halten wir uns auch in Flensburg aus allen gesellschaftlichen Verpflichtungen heraus.«

»Warum?«

»Wir sind eben nicht sehr gesellig. Wenn wir uns entspannen wollen, gehen wir aufs Wasser. Und da ist man am besten allein beziehungsweise zu zweit.«

»Schreibt sich Ihr Vorname eigentlich mit I oder mit J?«

»Mit J. Jens, genau wie im Deutschen.«

»Ihre Frau ist promoviert.«

Knudsen nickte.

»Ihre Dissertation lag unter ihren Händen, als sie starb.«

Knudsen sah auf. Sein Blick war ausdruckslos. »Das verstehe ich nicht.«

»Ich auch nicht.« Marie hatte die Dissertation aus ihrer Tasche gezogen und blätterte bis zu der Seite, die die Widmung trug. »Für I. Wer ist damit gemeint?«

Knudsen blinzelte und suchte nach seiner Brille. Er beugte sich über das Buch. »Keine Ahnung.«

»Haben Sie diese Widmung noch nie gesehen?«

Er schüttelte den Kopf und steckte die Brille wieder in eine der Taschen seiner Weste. Er starrte weiter auf die fast leere Seite des Buches. »Unser Sohn heißt Torben, Elsas Vater Hans. Ihre Mutter hieß Gesa.« Sein Gesicht erstarrte wieder in einer sorgenvollen Faltenmaske. »Tut mir Leid«, hängte er an. »Ich bin wohl keine große Hilfe.«

»Man meint immer, alles über seinen Partner zu wissen«, murmelte Marie. »Und dann gibt es doch irgendwo Dinge, die einem verschlossen waren.«

»Es gibt sicher vieles, was ich von meiner Frau nicht weiß.«

»Und das hat Sie nie beunruhigt?«

»Warum sollte es das? Man kann nie alles voneinander wissen. Dazu ist das Leben viel zu komplex.«

»Wenn Sie sich jetzt mal das Arbeitszimmer Ihrer Frau ansehen könnten – Ihre Putzfrau ist der Ansicht, dass nichts gestohlen wurde. Vielleicht fällt Ihnen etwas auf.«

Die Wohnung hatte sich in der vergangenen Viertelstunde geleert. Nur Susanne saß noch mit ihrem Handy auf dem ungemachten Bett in Knudsens Arbeitszimmer und telefonierte. Sie machte Marie ein Zeichen, dass alles okay wäre.

Der Leichnam war inzwischen abtransportiert worden. Es war, als wäre das Zimmer nun völlig verödet. Etwas Wesentliches fehlte.

Knudsen sah sich um. »Der Laptop«, sagte er nach einem kurzen Augenblick. »Ihr neuer Laptop ist weg.«

»Ich dachte mir schon, dass da ein PC drangehört.« Marie hob das Kabel hoch, das am Computertisch herunterhing.

»Sie hat ihn erst vor ein paar Tagen gekauft. Ihr alter war zu klein und außerdem zu langsam im Internet.«

»Und Sie sind sich ganz sicher, dass der Laptop heute Morgen noch hier war?«

»Ganz sicher natürlich nicht. Das heißt, ich habe ihn nicht

bewusst wahrgenommen. Aber gestern Abend zum Beispiel hat sie noch darauf geschrieben. Wo sollte er sonst sein?«

»Richtig. Er müsste irgendwo sein.«

Marie suchte den Raum mit den Augen ab. Aber weder in den Regalen noch auf der Kommode oder dem Couchtisch vor dem Sofa war das Gerät auszumachen. Schließlich sah sie in einer Ecke unter dem Schreibtisch eine schwarze Umhängetasche aus Lederimitat lehnen, wie sie mit Laptops zusammen verkauft werden. Sie war leer.

Kapitel 5

»Keine Freunde, keine Bekannten, keinen Kontakt zu Studenten oder Studentinnen, auch nicht zu den Kollegen, keine Verwandten, nichts. Diese Frau hat gelebt wie im Exil: fleißig, einsam und ohne eine Spur zu hinterlassen.«

»Immerhin hat sie einen Sohn. Und sie hat eine gute Ehe geführt«, meinte Tomkin.

Er war am späten Nachmittag aus London gekommen und irgendwie nicht richtig in Form. Er hing wie ein nasser Sack in Maries Lieblingssessel, hatte sich offenkundig seit Tagen nicht rasiert und zelebrierte unbekümmert eine Schreibkrise. Das waren meistens die Augenblicke, in denen er besonders anlehnungsbedürftig war und ständiges Beisammensein hochattraktiv fand. Marie ging es dann gerade umgekehrt. Sie brauchte nur auf Tomkins Füße zu schauen. Sie steckten mal wieder in den uralten Pantoffeln, die sie schon dreimal in den Mülleimer geworfen hatte, aus dem er sie jedes Mal in letzter Sekunde wieder herausrettete. In London konnte er sie ja gerne tragen, aber warum musste er sie auch noch mit nach Hamburg bringen? Sie hatte ihm hier neue gekauft, teure, edle, schicke. Er trug sie selten, nur um ihr einen Gefallen zu tun. Und dann holte er irgendwann wieder die alten aus dem Koffer. Seltsames Volk, diese Schriftsteller.

»Ob diese Ehe wirklich so gut war, wage ich zu bezweifeln. Wenn zwei immer allein beisammen sind und im eigenen Saft schmoren, werde ich doch ein wenig misstrauisch. Wenn diese Frau wenigstens irgendwas Soziales getan hätte. Amnesty International, Kirchengemeinde, Bürgerinitiative. Aber sie hat offenbar nur gelesen und studiert. Und ein bisschen Hausarbeit gemacht.«

»Ich denke, die beiden sind Segler.«

»Stimmt. Aber das scheint auch nicht besonders gesellig zu sein.«

»Ich kann sie gut verstehen. Segeln würde mir auch gefallen. Nur Wind und Wasser und Ruhe – es sind nicht alle Leute so umtriebig wie du, Marie.«

Marie schenkte ihre Gläser nach. Tomkin hatte eine Flasche Gin aus dem Flughafenshop mitgebracht, den sie mit Tonic mischten. Daraus entstand ein seltsam trübes Gesöff, das einen zwar langsam von innen her entspannte, aber am nächsten Tag sicher zu einem höllischen Kater führen würde.

»Ich fahre morgen früh nach Flensburg. Willst du nicht auch wenigstens ein *bisschen* umtriebig sein und mitkommen? Vielleicht können wir irgendwo am Wasser spazieren gehen oder schwimmen. Es soll warm werden.«

»Du wirst doch sowieso nur arbeiten.«

»Ich will nur den Vater der Toten aufsuchen. Und dann muss ich noch rasch bei den Kollegen von der Flensburger Kripo vorbeischauen, sonst sind die beleidigt. Das ist alles. Wir könnten einen Wochenendausflug daraus machen.«

»Dass ich nicht lache.«

Marie stand auf und fing an, den Wäscheständer, der schon seit Tagen im Wohnzimmer herumstand, leer zu räumen. Ganz Unrecht hatte Tomkin nicht mit seinem Misstrauen. Normalerweise hatte sie in dieser Ermittlungsphase eines Falles keine Zeit für Wochenendausflüge. Aber im Augenblick gab es einfach keine Ansatzpunkte. Es war ganz bestimmt auch in diesem Heuhaufen eine Nadel zu finden – nur fehlte bislang von dem ganzen Heuhaufen noch jede Spur.

Karsten Scholz hatte den Nachmittag auf dem Kiez zugebracht, um ein paar seiner Informanten und kooperativen Hehler aufzutreiben und die Beschreibung des Laptops mit allen Daten unter seinen Leuten bekannt zu machen.

Währenddessen hatte Marie sich in der Universität umgeschaut. Ohne Ergebnis. Niemand konnte irgendetwas Wesentliches über Elsa Knudsen-Hoppe berichten. Die zahlreichen

Lehrbeauftragten am Fachbereich Erziehungswissenschaft gingen jede Woche zu ihren Studierenden in die Seminare. Sie holten sich vom Pförtner den Schlüssel für den Raum ab und verschwanden nach dem Unterricht wieder. Einmal im Semester kamen sie ins Geschäftszimmer ihres Instituts und füllten ein paar Formulare aus oder reichten ihren unterschriebenen Vertrag ein. Es gab kaum Gelegenheiten, sich näher kennen zu lernen, sich auch nur zu treffen, zumal viele nur ein oder zwei Semester lang unterrichteten und dann wieder verschwanden. Selbst die rund hundert Professoren schienen sich untereinander nicht alle zu kennen.

Die Studierenden zu erwischen hatte sich als noch schwieriger erwiesen. Am Fachbereich waren sechstausend Studenten eingeschrieben. Keiner kannte keinen. Die Teilnehmerlisten für Knudsen-Hoppes Seminare umfassten jeweils knapp zwanzig Namen. Marie hatte Susanne aufgetragen, die Listen in den nächsten Tagen zu überprüfen. Aber die meisten waren garantiert schon in die Ferien abgereist.

Zuletzt hatte sie kurz vor Feierabend noch zwei Sekretärinnen erwischt. Frau Poppenhäger im Institut für Freizeitpädagogik hatte die Aussage des Professors bestätigt. Er war morgens um kurz nach neun Uhr im Büro erschienen, um seine Post abzuholen. Sein Arbeitszimmer lag ein Stockwerk höher. Von dort aus war er um zehn Uhr direkt in die Fachbereichsratssitzung gegangen.

»Frau Knudsen-Hoppe hat ja seinerzeit hier promoviert«, hatte Frau Poppenhäger noch mal angefangen, nachdem Marie sich ausgiebig über die Behandlung und Pflege ihrer üppig wuchernden Zimmerpflanzen auf der Fensterbank informiert hatte. Marie hatte ungefähr das Gegenteil von einem grünen Daumen, falls es das gab. Daran würde sich wohl auch nichts ändern, und wenn sie die Ratschläge der Sekretärin noch so akribisch umsetzte.

»Man soll ja über die Toten nichts Schlechtes sagen, aber Frau Doktor Knudsen-Hoppe benahm sich schon als Studentin so, als wäre sie die Dekanin persönlich, daran erinnere ich mich noch gut. Als sie dann wirklich Frau Doktor war, wurde sie dagegen richtig kleinlaut. Ich glaube, sie hat auf eine Assistentenstelle bei uns am Institut gehofft. Aber alles konnte ihr Mann wohl auch nicht für sie hinbiegen. Damals hat man gerade alle Stellen gestrichen und das Institut verkleinert. Aber eigentlich konnte sie ja ganz zufrieden sein mit ihren Lehraufträgen. *Ein* Professor in der Familie reicht doch wohl, oder was meinen Sie?«

Marie hatte etwas verkrampft gelächelt. Was konnte man dazu schon sagen? Dass es ungerecht war, wenn immer nur die Männer in einer Familie Karriere machten? Aber ob Frau Poppenhäger dafür wirklich Verständnis hatte?

»Ja, ja, ich weiß schon«, hatte die Sekretärin gesagt, ohne eine Antwort abzuwarten. »Die Gleichberechtigung. Aber darüber musste man sich bei Doktor Knudsen-Hoppe wirklich keine Sorgen machen, glauben Sie mir. Jedenfalls können Sie ja mal im Dekanat nachfragen. Vielleicht wissen sie dort noch etwas über sie.«

Marie hatte sich bedankt und den kleinen Ableger einer filigranen Grünpflanze, den ihr Frau Poppenhäger im letzten Augenblick zugesteckt hatte, vorsichtig in der Manteltasche versenkt. Den Namen der Pflanze hatte sie schon vergessen, ehe sie am anderen Ende des Ganges vor dem Dekanat angekommen war.

»Willst du noch einen Gin Tonic?«, fragte Tomkin, der Marie schweigend beobachtet hatte.

Marie nickte und legte den Wäscheständer zusammen. Während sie ihn im Flur hinter der Kammertür verstaute, fiel ihr Blick auf ihren Mantel an der Garderobe. Sie fasste vorsichtig in die Manteltasche und zog das kleine, schlappe Pflänzchen heraus. Es war ganz blass und gummiartig geworden, aber vielleicht würde es sich wieder berappeln. Sie ging in die Küche, ließ Wasser in ein Glas laufen und stellte es hinein.

Die zweite Sekretärin, die sie zu fassen bekommen hatte, eine Frau Bagdad im Dekanat des Fachbereichs, hatte ihr erst mal eine Tasse Kaffee angeboten und sie genötigt, Platz zu nehmen in ihrer engen Kammer, in der außer dem Schreibtisch auch noch ein Kopierer und ein paar große Aktenregale untergebracht waren. Überall lagen und standen Elefanten in allen möglichen Ausformungen und Größen. Holz, Ton, Plastik, Glas, Stoff oder Plüsch, alles war vertreten. Auf dem Aktenstapel, den die Sachbearbeiterin gerade in Arbeit gehabt hatte, dampfte ihr Kaffee in einem Elvis-Presley-Becher. Ein Elvis-Poster hing an der Wand hinter dem Schreibtisch.

»Promovieren tun hier viele«, hatte sie lachend gesagt. »Die meisten Doktoranden sitzen zu Hause und arbeiten – oder auch nicht. Die kriegen wir hier nie zu sehen. Wer war denn ihr Doktorvater?«

Marie hatte ein etwas ratloses Gesicht gemacht und die Dissertation aus der Tasche gezogen.

»Zeigen Sie mal … Hier steht es – Professor Scheppert.« Frau Bagdad hatte auf die Stelle gezeigt, wo der Name des betreuenden Professors in Knudsen-Hoppes Dissertation verzeichnet war. »Tut mir Leid, der ist schon vor ein paar Jahren gestorben. Sie haben aber auch Pech. Ich habe Herrn Scheppert noch gekannt. Er hatte immer die hübschesten Studentinnen um sich rum, das war ein ganz Schlimmer.«

»Und Professor Knudsen, was ist das für einer?«, hatte Marie nachgehakt.

Die Angestellte hatte einen Moment nachgedacht. »Nett. Hier sind eigentlich alle ganz nett, müssen Sie wissen. Jeder auf seine Art. Also ein Mörder ist er ganz bestimmt nicht.«

Marie hatte sich seufzend aus der angebotenen Tupperdose mit Keksen bedient.

»Im Gegenteil«, hatte Frau Bagdad noch nachgeschoben. »Er bringt uns immer Lakritzen mit, wenn er in den Ferien nach Dänemark fährt oder segeln geht. Er hat immer noch einen im Sinn, würde ich sagen. Den Schalk im Nacken, wenn Sie mich verstehen.«

Marie hatte sich bedankt und war gegangen, um die freundliche Sekretärin nicht länger von ihrem wohlverdienten Feierabend abzuhalten. Ein paar Damen auf dem Flur hatten die Köpfe zusammengesteckt. »Knudsen-Hoppe, Knudsen-Hoppe«, hatte es hinter Maries Rücken gewispert, als würden die Wände des langen Flurs ein Echo bilden, um den Namen immer weiterzutragen.

Das war der Stand, und das war herzlich wenig, fand Marie. Sie ging zurück ins Wohnzimmer, wo Tomkin sich inzwischen hinter einem Buch verkrochen hatte, und griff nach ihrem Gin Tonic.

Kapitel 6

Um sechs Uhr dreiundzwanzig klingelte der Wecker. Inga drehte sich auf die andere Seite, zum Fenster hin, von wo trübes Morgenlicht durch den Spalt zwischen den Vorhängen sickerte. Sie war entschlossen, noch nicht endgültig aufzuwachen. Das Stöhnen, eigentlich war es nur ein Wimmern, hörte sie dennoch. Es wurde langsam lauter, schwoll an, unmerklich, wie Zahnschmerz. Sie nahm es schon im Schlaf wahr, es weckte sie aus ihren tiefsten Träumen, als würde es aus ihr heraustönen. Es kam in Wellen, mit immer kürzer werdenden Ruhepausen dazwischen. Eigentlich waren es die Pausen, von denen Inga aufwachte. Das Warten auf den nächsten Einsatz vertrieb den letzten Rest Schlaf, dem sie sich so gern noch mal hingegeben hätte. Ärgerlich tauchte sie an die Oberfläche. Freitag. Ein freier Tag, wie jeder Tag. Und doch kein einziger freier Tag für sie. Sie hatte nie frei. Nie, nie, nie, solange ihre Mutter lebte.

Inga warf die Bettdecke von sich und spürte, wie die kühle Morgenluft ihren vom Schlaf erhitzten Körper umstrich. Einmal aufwachen und nur für sich sein, Kaffee trinken, Zeitung lesen, aus dem Haus gehen, ohne heimkommen zu müssen. Wie wäre das? Sie könnte es natürlich tun. Birte, die Pflegerin, würde Mutter waschen und ihr Frühstück machen. Sie anziehen, in ihren Rollstuhl setzen und ans Fenster fahren, wo sie dann sitzen konnte, die alte Frau, um darauf zu warten, dass sie, Inga, ihre einzige Tochter, heimkäme. Es würde nicht mehr kosten als jetzt. Und Mutter würde nicht mal klagen.

»Mach nur, Kind, was du für richtig hältst. Denk nicht immer nur an mich. Vergnüge dich. Ich komme schon zurecht.«

Das würde sie sagen. Und es auch so meinen. Aber Inga war nun mal nicht so gestrickt. Sie war von Natur aus pflichtbewusst. Außerdem hatte sie kein Vergnügen daran, aus dem Haus zu rennen wie eine Bohemienne. Wohin auch? Weit und breit gab es nichts, wohin sie hätte laufen können am frühen Morgen, außer ab neun Uhr auf die Einkaufsstraße von Aabenraa. Die Supermärkte machten schon früher auf. Nach dem Einkaufen ging es dann wieder nach Hause, Essen machen, ein bisschen aufräumen. Zweimal die Woche die Therapeutin. Sonst nichts. Ihr Leben zerrann wie verschüttete warme Milch.

»Mir fehlt ja nichts«, pflegte Inga zu sagen, wenn es mal wieder eine Grundsatzdiskussion gab, wie sie es für sich nannte. Das war die Diskussion darüber, wie Inga zu leben und zu sein hätte. Erst in der letzten Zeit, als die Krankheit ihre Mutter mehr oder weniger ans Bett gefesselt hatte, hatte die alte Dame aufgehört, sich das Leben ihrer Tochter anders zu wünschen, als es nun einmal war.

»Guten Morgen, Mama«, rief Inga, als sie im Erdgeschoss ankam. Sie ging in die Küche, setzte Teewasser auf und sah dann nach, ob ihre Mutter die Nacht einigermaßen überstanden hatte. Das Häuschen, in dem Inga aufgewachsen war und das ihre Mutter wiederum von ihren Eltern übernommen hatte, hatte im Erdgeschoss die Küche und ein großes Wohnzimmer, das nun Mutters Krankenzimmer war. Den ersten Stock hatte Inga sich zu einem großen hellen Raum ausbauen lassen, in dem sie gleichzeitig wohnte und schlief. Das Bad befand sich im Keller, was unpraktisch war, vor allem mit einer Kranken im Haus. Unpraktisch war auch der kleine Garten, den ihre Mutter bis vor kurzem noch allein bestellt hatte. Ein paar alte Rosen, Beerensträucher, Blumenbeete, ein Stückchen Rasen – alles musste Inga jetzt allein machen.

Sie schob die Vorhänge auf und ließ das milchig trübe Licht des bedeckten Morgens ins Krankenzimmer. Der Wein, der die Südseite des Häuschens bedeckte, fing an, mit seinen langen Trieben bis ins Fenster hineinzuwachsen. Er klammerte sich mit seinen Fangärmchen am Fenstergriff fest und kletterte munter durch die Lüftungsklappe. Inga sah es, und ließ es wachsen. Mutter hatte niemals etwas wachsen lassen, wie es wollte. Alles wurde gestutzt und begradigt. Früher war Inga auch so gewesen. Als Lehrerin gewöhnt man sich daran, ständig einzugreifen und zu korrigieren. Man wird hochmütig und hält sich für neunmalschlau. Bis man dann eines Tages umkippt. Einfach so. So jedenfalls war es ihr ergangen. Seitdem ließ sie alle Zügel schleifen. Sie ließ sich gehen, meinte ihre Mutter. Aber Inga sah das anders. Sie kümmerte sich endlich um die wichtigen Dinge des Lebens. Um ihre eigene Seele nämlich.

»Hast du gut geschlafen?«

Mutter stöhnte. Sie lag auf dem Rücken. Morgens schaffte sie es meistens nicht, sich allein aufzusetzen. Dann begann sie zu röcheln und zu stöhnen, bis Inga davon aufwachte und sich um sie kümmerte. Sie legte einen Arm um die noch immer starken Schultern der alten Frau und hob sie ein wenig an, während sie das Kopfende des Betts höher stellte. Seitdem sie dieses professionelle Krankenbett besorgt hatte, war es wesentlich leichter geworden, die alte Frau zu pflegen.

»Warum bringst du deine Mutter nicht in ein Heim?«, hatte E. J. sie gefragt, der Rektor des dänischen Gymnasiums, an dem sie seit Jahren unterrichtete.

»Du weißt doch, wie die dänischen Pflegeheime aussehen«, hatte Inga geantwortet. »Du würdest es auch nicht übers Herz bringen, deine alte Mutter in so eine Abstellkammer zu stecken, oder?«

E. J. hatte mit den Achseln gezuckt. Seine Eltern waren schon lange tot. Außerdem hatte er vier Schwestern, die sich bis zum Ende um die alten Leute gekümmert hatten.

»Guten Morgen, meine Liebe«, nuschelte ihre Mutter. Sie hatte ihr Gebiss nicht im Mund. »Ich habe überhaupt nicht geschlafen.«

»Ach wo, Mama, das meinst du nur. Ich habe gestern Abend um halb zwölf nach dir gesehen, und da hast du schon laut geschnarcht.«

Die Kranke wandte den Kopf ab. Sie konnte es gar nicht leiden, wenn man sie nicht bedauerte. Vor allem morgens früh. Im Laufe des Tages wurde sie dann umgänglicher, um gegen Abend die Freundlichkeit in Person zu werden. Sie war immer ein Nachtmensch gewesen, ganz im Gegensatz zu ihrer Tochter. »Machst du mir denn ein bisschen Frühstück, mein Kind? Obwohl ich gar nicht weiß, ob ich schon was vertrage.«

Jeden Morgen dasselbe. Früher hatte ihre Mutter morgens tatsächlich nie etwas gegessen. Aber seitdem sie krank war, war das Frühstück ihre wichtigste Mahlzeit. Inga kochte Haferbrei und gab ein bisschen zerdrückte Banane hinein, das war gut fürs Gehirn. Dazu bereitete sie Kamillentee. Es dauerte lange, bis sie die alte Frau gefüttert hatte, aber danach fühlte diese sich wie immer viel besser.

»Du bist so geduldig«, sagte sie, nachdem Inga ihr mit dem Lätzchen das Kinn abgewischt hatte. »Das habe ich gar nicht verdient.«

Inga biss die Zähne zusammen und warf das schmutzige Lätzchen auf das Frühstückstablett, das sie auf dem Boden abgestellt hatte. »Hör auf damit, Mutter. Ich gehe jetzt einkaufen. Soll ich irgendetwas Besonderes mitbringen?«

»Du wirst es mir wohl nie verzeihen.«

»Birte kommt und zieht dich an. Sie muss auch die Beine neu wickeln, achte darauf. Wofür bezahle ich sie schließlich?«

»Ja, mein Kind. Fahr schön vorsichtig.«

Inga griff sich den Regenmantel von der Garderobe. Als sie die Garage aufschloss, fing es an zu nieseln.

Kapitel 7

Es regnete Bindfäden. Der Himmel küsste die Erde nicht still, sondern lauthals, klatschnass und nachhaltig. Das Spritzwasser, das von den Fahrbahnen aufgewirbelt und an die Scheiben geschleudert wurde, sorgte dafür, dass die Sicht weit unter hundert Meter blieb. Marie fuhr neunzig und überholte nur, wenn ein Lkw vor ihnen gefährlichere Mengen Wasser verschleuderte, als ein Überholmanöver an Risiken in sich barg. Zwischen den Abfahrten Quickborn und Kaltenkirchen begann die erste Baustelle, kurz darauf standen sie im Stau.

Tomkin schaltete das Autoradio ein und versagte wieder mal vor den undurchschaubaren technischen Möglichkeiten der Programmwahl. Er stellte das Gerät aus, ehe der Sprecher den angekündigten Wetterbericht verlesen konnte.

»Dass du aber auch jedes Mal einen anderen Dienstwagen bekommst. Warum nimmst du nicht immer denselben? In dem roten Passat konnte ich das Radio bedienen.«

»Weil ich keine Vorrechte habe. Ich kriege den Wagen, der frei ist«, murmelte Marie.

»Aber der Chef hat einen eigenen Dienstwagen, oder?«

»Immerhin ist dieser hier nagelneu. Also beschwer dich nicht.«

Wundersamerweise setzte die Autokolonne sich nach einer Weile wieder zögerlich in Gang, kam ins Rollen, und plötzlich ging die Fahrt weiter, ohne dass sie irgendeinen markanten Punkt passiert hätten, der einen Stau begründete. Der Himmel tat sich über den Weiden von Holstein ein wenig auf. Sofort blitzte die Sonne in den Wassertropfen, die noch vereinzelt auf die Windschutzscheibe klatschten. Kurz vor dem Abzweig nach Kiel schlug das Wetter dann komplett um. Ferne weiße Wolken zogen über den Himmel, und das Grün, das ja angeblich die Nerven beruhigen sollte, leuchtete wie angelackt. Man konnte förmlich zusehen, wie die Gräser und Pflanzen unter den vorangegangenen Regenschauern gewachsen waren, wie sie mit dem Wasser Nährstoffe und Kraft aus dem fetten Boden gesaugt hatten und sich jetzt der Sonne und dem Licht entgegenstreckten, um schnell weitere Zellen auszubrüten, immer mehr, um immer größer und kräftiger zu werden, ehe der kurze norddeutsche Sommer wieder vorbei war.

»Hier ist Deutschland gleich irgendwo zu Ende«, sagte Tomkin und fing sich einen erstaunten Blick von Marie ein. »Doch, irgendwo hier wäre eine natürliche Grenze zwischen Deutschland und Dänemark. Man merkt es auch daran, dass es eine Wetterscheide gibt.«

»Eine natürliche Grenze? Deutschland ist keine Insel, Tomkin, auch Dänemark nicht. Vertust du dich da nicht?«

Tomkin schüttelte den Kopf. »Hier irgendwo an der Eider fing das ehemalige Herzogtum Schleswig an, das zur dänischen Krone gehörte. Schleswig reichte ja bis an die Königsau, und die liegt weit hinter Flensburg in Jütland. Die heutige deutsch-dänische Grenze geht also mitten durch ein seit Jahrhunderten von Dänen und Deutschen gleichermaßen bewohntes Gebiet. Wusstest du das nicht?«

Marie überholte einen Transporter und scherte wieder rechts ein. Nun lag die Autobahn frei vor ihr. Die letzten schwarzen Nobelkarossen waren auf dem Abbieger nach Kiel verschwunden. Sie gab ordentlich Gas. Der nagelneue Opel Vectra flog davon wie ein Pfeil.

»Ich glaube, 1920 war die Volksabstimmung, nach der Schleswig geteilt wurde«, fuhr Tomkin fort. »Bis 1864 gehörte es ja eigentlich immer zu Dänemark. Dann haben die Preußen und Österreicher es erobert. Aber das ging auch nicht gut.«

»Ich staune«, murmelte Marie, »über deine Geschichtskenntnisse.«

»Auf jeden Fall verstehst du jetzt, dass es eine natürliche Grenze gäbe, wäre den Herzogtümern Schleswig und Holstein nicht mal versprochen worden, ›up ewich ungedeelt‹ zu bleiben.«

»Das hast du jetzt aber nicht alles in der Schule gelernt.«

»Minderheiten haben mich schon immer interessiert, wie du weißt.« Tomkin schmunzelte. »Okay, ehrlich gesagt habe ich das alles gestern Abend nachgelesen. Als du schon geschlafen hast.«

»Angeber. Und wer ist nun die Minderheit in Schleswig, die Dänen oder die Deutschen?«

»Im heute deutschen Teil natürlich die Dänen. Im dänischen Teil die Deutschen. Ich glaube, es gibt dort nur noch etwa 15 000 Menschen, die sich jenseits der Grenze als deutschgesinnt bezeichnen.«

»Deutschgesinnt, wie sich das anhört ...«

»Jeder kann selbst entscheiden, ob er sich zur Minderheit rechnen möchte oder nicht.«

»Wer möchte schon gern zu einer Minderheit gehören?«

»Wenn deine Großeltern Deutsch sprechen, können auch deine Eltern vermutlich noch Deutsch und haben dich vielleicht auf eine deutsche Schule geschickt. Oder auf eine dänische in Südschleswig. Dann gehörst du zur Minderheit. Du wächst zweisprachig auf und hast auch eine Menge Vorteile.«

»Schulen haben diese Minderheiten auch?«

»Aber sicher. Und gute sogar. Sowohl die dänischen Schulen in Südschleswig als auch die deutschen in Sønderjylland geben sich natürlich besondere Mühe mit ihrem Unterricht.«

»Sønderjylland!«, rief Marie. »Sprichst du jetzt auch noch fließend Dänisch?«

»Es gibt Menschen, die beschäftigen sich nicht nur mit ihrer Arbeit.«

Marie grinste und klappte die Sonnenblende herunter. Inzwischen brannte die Sonne, am Himmel stand keine Wolke mehr. »Und Flensburg?«, fragte sie. »War das eine deutsche Enklave mitten im Dänischen?«

Tomkin fing an zu kichern. »Ihr Deutschen seid einfach unglaublich chauvinistisch. Ihr seid doch immer so verschämt wegen eurer jüngeren Geschichte, aber dahinter steckt unverdautes Großmannsdenken. Flensburg war immer dänisch, sogar der dänische König hat hier gelebt. Noch 1864, ehe die Preußen kamen, war es neben Altona die zweitgrößte Stadt im dänischen Reich.«

»Ehrlich?« Marie zog eine Grimasse. »Solange ich lebe, war in Flensburg immer nur das Kraftfahrtbundesamt mit seinen Punkten. Und das ist so typisch deutsch ...«

Tomkin schüttelte den Kopf und sah aus dem Fenster. Sie folgte seinem Blick. Seit Rendsburg, wo sie den Nord-Ostsee-Kanal überquert hatten, wurde das Land immer flacher. Irgendetwas war hier anders mit dem Licht. Marie kam nur nicht darauf, was es war.

»Der Ehemann unseres Opfers ist ja auch ein Däne«, sagte sie nach einer Weile.

»Woher?«, fragte Tomkin.

»Apenrade.«

»Das liegt mitten in Sønderjylland, dort leben viele aus der deutschen Minderheit.«

»Aber er soll ein richtiger Däne sein, so habe ich es jedenfalls verstanden. Ahnungslos, wie ich war.«

»Klar, die gibt es auch. Man nennt sie Reichsdänen.«

»Ich werde nie wieder wagen, früh schlafen zu gehen, wenn ich sehe, was du in der Zwischenzeit so alles zu lernen in der Lage bist. Da kriegt man es ja mit der Angst. Was meinst du, müssen wir hier jetzt abfahren? Ich glaube, bei der nächsten Abfahrt sind wir dann schon in Dänemark.«

Tomkin fing an, hektisch nach der Landkarte zu suchen, sie umständlich zu entfalten, hochkant und quer zu studieren, ohne sich richtig zurechtzufinden. Räumliches Denken war nicht gerade seine Stärke. Dafür konnte er stundenlang gute Geschichten erzählen. Man musste ihn hin und wieder daran erinnern, dass wir am Ende alle nur begrenzte Erdenwesen waren und auf den Weg zu achten hatten.

»Ich glaube, hier müssen wir abfahren. Jawohl«, stammelte er endlich, bis zum Haarschopf hinter der Landkarte verschwunden.

»Ist schon in Ordnung, Schatz. Wir sind gleich im Zentrum. Wenn's dir nichts ausmacht, könntest du aus meiner Handtasche mal den Zettel mit der Adresse heraussuchen.«

»Nein, ich fahre ganz sicher nicht durch dieses Tor«, beharrte Marie ein Weilchen später und fuhr zum dritten Mal die kleine Gasse mit dem holprigen Kopfsteinpflaster hinunter zum Fördebecken. Da steht doch ›Durchfahrt verboten. Linienverkehr frei‹. Und daran halte ich mich. Wohin jetzt? Rechts oder links?«

»Fahr doch noch mal rechts«, schlug Tomkin vor. »Wir müssen irgendwie diesen Hügel hinaufkommen, das kann doch nicht so schwer sein.«

»Überall, wo du sagst, dass ich fahren soll, sind aber Treppen statt Straßen. Mir reicht es jetzt so langsam.«

Marie gab Gas bis zur nächsten Ampel, die ewig lange auf Rot stehen blieb. Dann bog sie wieder rechts ab in die Neue Straße und gleich noch mal rechts in die Norderstraße.

»Jetzt bin ich schon wieder hier gelandet«, stellte sie fest. »Weißt du was? Mir reicht's. Ich parke jetzt irgendwo und dann nehme ich mir ein Taxi. Wo treffen wir uns wieder?«

Dansk Central Bibliotek stand an einem hellen Neubau, der zwischen den schmalen alten Häusern der Norderstraße auffiel. »Da drüben, in der Bibliothek«, meinte Tomkin. »Bei den Tageszeitungen, okay?«

Er stieg aus und Marie fing an, einen Parkplatz zu suchen. Aber Parkplätze schienen in der Stadt an der Förde kostbarer zu sein als Gold. Das lag eindeutig an ihrer Topographie. Von der letzten Eiszeit in eine etwa sechzig Meter hohe Endmoräne geschnitten, lag die Förde mit ihren Hafenanlagen tief eingebettet in steile Hänge, an denen sich die Bebauung der Stadt hinaufzog. Oben auf dem Plateau thronten beeindruckende gründerzeitliche Gebäude – ein dänisches und zwei deutsche Gymnasien, das Landgericht und das Museum. Und gegenüber auf der anderen Seite der Förde das Goethe-Gymnasium mit seiner runden Kuppel, die St.-Jürgen-Kirche und vieles andere mehr.

Das alles erklärte Marie der Taxifahrer, nachdem sie ihren Opel genau gegenüber einem Taxistand abgestellt hatte und in seinen Wagen gestiegen war.

»Und jetzt wollen Sie also auf die westliche Höhe. Machen wir doch glatt. Das ist eine etwas feinere Gegend als hier die Neustadt. Wenn man mal von der Vergangenheit absieht. Na, das ist ja alles vorbei und vergessen.«

Tomkin schlenderte ein Stückchen die Norderstraße zurück Richtung Innenstadt, um sich beim nächsten Bäcker ein paar trockene Brötchen zu kaufen. Die Verkäuferin sprach dänisch mit der Kundin vor ihm. Die junge Frau in Shorts, die langen Beine braun gebrannt, kaufte eine ganze Menge Kuchen, den einzupacken ein Weilchen dauerte.

»Kann ich Ihnen vielleicht behilflich sein?«, fragte Tomkin auf Deutsch, als die Frau versuchte, sich all die Pakete aufzuladen. Dann wiederholte er seine Frage vorsichtshalber noch mal auf Englisch.

»Das wäre furchtbar nett«, antwortete sie auf Deutsch und fing sofort an, ihm Tüten und Päckchen auf die ausgestreckten Hände zu stapeln. »Ich muss das ins Flensborghus bringen, nur ein Stückchen die Norderstraße hinunter. Und wohin müssen Sie?«

»In die dänische Bibliothek. Aber ich habe Zeit genug, ich warte da nur auf jemanden.«

Tomkin stellte sich vor, während er neben der jungen Frau die Norderstraße hochlief.

»Nice to meet you, Mister Quest.«

»Bitte einfach nur Tomkin.«

»Ich heiße Britta. Ich mache gerade ein Praktikum in der Pressestelle der Sydslesvigsk Forening, das ist die Dachorganisation der dänischen Minderheit hier. Ich habe dieses Jahr in Dänemark die Journalistenausbildung abgeschlossen.«

Ihr Deutsch klang perfekt, nur mit dem »sch« hatte sie ihre Schwierigkeiten. Das kannte Tomkin aus eigener Erfahrung.

Viel zu schnell standen sie vor der frisch restaurierten Backsteinfassade des Flensborghus. Tomkins Päckchen gerieten gefährlich ins Rutschen, als er stehen blieb. »Da wären wir schon«, murmelte er und balancierte seine Last geschickt wieder aus. »Allerdings glaube ich nicht, dass ich dich mit alldem hier deinem Schicksal überlassen kann …«

»Weißt du was?« Britta lächelte. »Dann komm doch die paar Meter einfach auch noch mit, und zum Ausgleich begleite ich dich anschließend in die Bibliothek, da wollte ich heute sowieso noch hin. Zu zweit wartet's sich angenehmer.«

Kapitel 8

»Elsa«, sagte der alte Hoppe. Sein Gesicht war reglos wie eine Maske. »Meine kleine Elsa.«

»Es tut mir sehr Leid«, sagte Marie. »Ich dachte, Sie wüssten es bereits. Hat Ihr Schwiegersohn Sie nicht angerufen?«

»Knudsen?« Hoppe schnaufte, drehte sich abrupt um und ging zurück ins Haus. Er war sehr groß und hager, sein Haar noch voll und schlohweiß. Er hatte die Haustür offen stehen lassen, was Marie als Einladung nahm, ihm zu folgen. Die Villa mit den halbrunden Backsteinvorbauten lag inmitten eines parkähnlichen Gartens. Von außen wirkte das Gebäude gepflegt und zeitlos. Aber drinnen sah man, dass es lange nicht mehr modernisiert worden war. Die Möbel waren alt und abgenutzt, wenn sie auch einst sehr teuer gewesen sein mochten. An der Garderobe hingen ein fadenscheiniger dunkler Herrenmantel und eine helle Windjacke. Es sah ganz danach aus, als würde der alte Herr hier allein wohnen.

»Bitte.« Hoppe wies auf einen Stuhl gegenüber einem mächtigen Eichenschreibtisch, hinter dem er sich niederließ.

Marie blieb vor ein paar Bildern über einem Sideboard stehen. Alte Stiche von Flensburg, zwei kleine Zeichnungen von Emil Nolde, darunter ein gerahmtes Foto. Marie erkannte es sofort, auch wenn sie sich nicht erinnern konnte, wo sie es schon mal gesehen hatte. Es war eins dieser Fotos, die um die Welt gegangen waren, wie man so sagte. Ein Bild, so berühmt und vertraut, wie das des Eiffelturms oder des Weißen Hauses, obwohl die meisten Menschen noch nie da gewesen waren oder nie im Leben hinfahren würden. Es zeigte ein paar ältere Männer an einer Straße aufgereiht, die Hosen heruntergelassen – dem Fotografen das nackte Hinterteil präsentierend.

»Die letzte Reichsregierung, Großadmiral Dönitz«, sagte

Hoppe, der Maries Blick gefolgt war. »Ihr letztes Quartier hatten sie hier in Mürwik, in der Marineschule. In der Förde lagen die Schiffe mit den Flüchtlingen aus dem Osten bis hin zur Geltinger Bucht. Fünfzig U-Boote hat man gezählt. Aber die durften ja nichts mehr unternehmen. War ja vorbei, alles aus und vorbei.«

Hoppe wies noch einmal auf den freien Stuhl vor seinem Schreibtisch. Er war Landgerichtsrat gewesen, seit 1949 beim Gerichtsbezirk Flensburg tätig. Geboren 1919, also jetzt 82 Jahre alt. CDU-Mitglied seit 1950. Im Krieg Marineoffizier. Mehr hatte Marie nicht über ihn in Erfahrung bringen können.

»Der Reichssender Flensburg hat übrigens das Ende verkündet, wussten Sie das? Vermutlich nicht. Deutsche Geschichte ist ja heutzutage nicht ›in‹, wie man so sagt. Man will so genau gar nicht mehr wissen, wie damals alles war.«

»Erst mal wollten Leute wie Sie ja nichts darüber erzählen«, konterte Marie.

»Leute wie ich? Wen meinen Sie damit?« Und als Marie nicht antwortete, fuhr Hoppe fort: »Hitler war tot, der große Verführer hatte seinem Leben ein Ende gesetzt. Großadmiral Dönitz verzog sich mit seinen Leuten hier nach Schleswig-Holstein, aber wir konnten auch nichts mehr retten. Die Alliierten hatten von nun an das Sagen. Am 9. Mai 1945 dann der Aufruf an das Deutsche Volk, die Kapitulation. Flensburger Nachrichten, einundachtzigster Jahrgang, Nummer einhundertundneun, kostete damals fünfzehn Reichspfennig. Ich habe sie noch, zwei Exemplare sogar. Immer aufbewahrt. Irgendwann werden die mal viel Geld wert sein. DIN-A4-Format, gab ja kein Papier mehr, damals. Bis zum 22. Mai wehte die Reichskriegsflagge übrigens noch von der Sportschule, lange über den Kapitulationstag hinaus.«

»Herr Hoppe, ich muss Ihnen ein paar Fragen stellen.«

»Ich weiß. Warum fangen Sie nicht an? Meinen Sie, es macht mir Spaß, Sie zu unterhalten?«

Marie schluckte. Sie war es gewohnt, von Zeugen oder Beschuldigten provoziert zu werden. Aber Angehörige, denen man die Nachricht vom Tod eines nahen Verwandten überbrachte, benahmen sich in der Regel anders.

»Ihre Tochter ist gestern Morgen tot in ihrer Wohnung in Hamburg gefunden worden. Es handelt sich um ein Gewaltverbrechen. Wir versuchen, uns ein Bild vom Umfeld Ihrer Tochter zu machen. Freunde, Verwandte, Bekannte – was war sie für ein Mensch, wen könnte sie sich zum Feind gemacht haben?«

»Und da fragen Sie mich? Hat Knudsen Ihnen denn nicht gesagt, dass wir schon lange keinen Kontakt mehr zueinander hatten?«

»Doch, das hat er. Aber er hat uns nicht gesagt, warum.«

Hoppe atmete stoßweise aus und erhob sich. Er stellte sich hinter seinem Schreibtisch ans Fenster und drehte Marie den Rücken zu – eine Geste für große Eröffnungen. Marie stand rasch auf und stellte sich neben ihn.

»Haben Sie Kinder? Nein? Dann werden Sie das nicht verstehen«, begann er.

»Warum nicht?«

»Meine Tochter war immer sehr ehrgeizig. Dass sie Knudsen heiratete, einen Lehrer …«

»Jens Knudsen ist Professor.«

»Wo ist da der Unterschied? Jedenfalls hatten wir für sie etwas mehr erhofft.«

»Das ist allerdings nicht unbedingt ein Grund, den Kontakt zu seinem Kind abzubrechen …«

»Knudsen ist Däne, er nimmt die Dinge nicht so ernst wie wir.«

Marie verkniff sich die Nachfrage, wen er nun wieder mit »wir« meinte. Vielleicht »wir Deutschen«, das Klischee von den ernsthaften, ehrgeizigen, tiefgründigen, schwermütigen Menschen? »Die beiden scheinen zusammen recht glücklich gewesen zu sein«, sagte sie vorsichtig.

»Glücklich«, sagte Hoppe, und es klang, als meinte er eher sterbensunglücklich. »Wenn es das ist, was für Sie zählt, Kommissarin, nun, so hat meine Tochter wohl alles richtig gemacht. Warum ist sie dann tot?«

»Das versuche ich gerade herauszufinden.«

»Knudsen hat sie dazu gebracht, Fragen zu stellen. Fragen, die man nicht beantworten kann, wenn Sie es genau wissen wollen. Er hat sich zwischen uns gestellt.«

»Ihre Tochter hat in Hamburg sehr zurückgezogen gelebt. Ob ihr Mann dafür verantwortlich war oder nicht – auf jeden Fall scheint sie nicht sehr gesellig gewesen zu sein.«

»Meine Tochter war nie gesellig. Sie war immer nur mit sich selbst beschäftigt.«

»Erinnern Sie sich denn gar nicht an irgendwelche Freunde oder Schulkameraden von ihr hier in Flensburg? Hatte sie Kontakt zu anderen Verwandten?«

Hoppe schüttelte den Kopf. »Für mich ist meine Tochter schon lange tot«, sagte er schließlich leise, aber fest. »Es tut mir Leid, ich kann Ihnen nicht weiterhelfen. Wenn Sie mich jetzt bitte entschuldigen würden.«

Kapitel 9

»Hier sind wir«, rief Tomkin, als Marie im zweiten Stock der Bibliothek endlich die Zeitungsecke entdeckte. Er legte die dänische Zeitung zusammen, in der er geblättert hatte.

»Hast du deine Dänischkenntnisse vervollständigt?«, stichelte Marie und versuchte, eine der Überschriften zu lesen. Aussichtslos. Die dänische Sprache wies kaum Ähnlichkeiten mit der deutschen oder englischen auf. Sie konnte den Sinn der Worte nicht mal erraten.

»Darf ich dir Britta vorstellen?«, fragte Tomkin, ohne auf ihre Frotzelei einzugehen. »Sie ist dänische Journalistin und macht gerade ein Praktikum hier. Wir haben uns beim Bäcker kennen gelernt.«

Marie nickte der jungen Frau zur Begrüßung zu und stellte sich vor. Dann wandte sie sich wieder an Tomkin. »Ich bin so weit fertig hier. Ich müsste nur noch mal kurz auf die Wache, dann können wir mit dem unterhaltsamen Teil der Reise anfangen.«

»Ich habe gehört, Sie sind bei der Polizei«, sagte die Dänin. »Spannend. Mordkommission?«

Marie warf Tomkin einen strafenden Blick zu. »Zufälligerweise ja. Warum?«

»Ich habe auch schon mal über einen Mordfall berichtet. In Kopenhagen. War ziemlich unappetitlich. Sind Sie etwa dienstlich hier?«

Marie hob die Brauen. Ehe sie antworten konnte, beugte die Dänin sich zu ihr vor und sagte: »Dann kann ich mir schon denken, woran Sie arbeiten. Der Mord an Knudsen-Hoppe, nicht wahr? Es war doch Mord, oder?«

Marie holte tief Luft.

»Ich habe davon gelesen«, fuhr die andere fort. »Pressemeldung, heute Morgen. Der Fall beschäftigt uns Dänen natürlich, schließlich ist ein prominenter Landsmann involviert. Vielleicht kann ich Ihnen irgendwie weiterhelfen?«

»Das ist ganz reizend von Ihnen«, sagte Marie. »Aber ich wüsste nicht wie.«

»Gibt es denn noch keinerlei Anhaltspunkte? Keine heiße Spur?«

»Elsa Knudsen-Hoppe hat studiert, promoviert, eine Familie gegründet und ist gestorben. Ganz ohne Haken und Ösen.«

»Worüber hat sie promoviert?«

Marie zögerte kurz, kramte dann die Doktorarbeit der Toten aus ihrer Handtasche und reichte sie der Journalistin. Viel schaden konnte es nicht.

Tomkin sah der jungen Frau über die Schulter, während diese das schmale Bändchen aufschlug. »Schuldgefühl und Schuldkomplex«, murmelte sie und blätterte weiter. »Untersuchung über die Aufarbeitung des Nationalsozialismus in der Gesellschaft und in der Schule.«

»Uff«, machte Tomkin.

»Interessant«, sagte die Journalistin. »Ich finde es spannend, wie kritisch die Deutschen sich in den letzten Jahren mit der Geschichte auseinander gesetzt haben. Das gibt es bei uns nicht, jedenfalls nicht, was die jüngere Vergangenheit angeht.«

Marie warf Tomkin einen kurzen Blick zu. Neuerdings vertrat er den Standpunkt, dass die Deutschen sich entschieden zu viel mit ihrer Vergangenheit beschäftigten.

»Man kann sich in seinen Schuldgefühlen auch einrichten«, sagte er jetzt auch prompt.

Marie verkniff sich eine Antwort.

»Aha, sie behandelt hier auch die Kieler Erklärung von 1949 – die haben wir in der Schule gehabt«, sagte die Journalistin und blätterte weiter in der Dissertation. »Dadurch wurden die Rechte der dänischen Minderheit im deutschen Grundgesetz gesichert. Das war schon eine tolle Sache damals.«

»Und die Dänen – haben die der deutschen Minderheit bei

ihnen nicht dieselben Rechte und Freiheiten eingeräumt?«, fragte Marie.

»Klar. Sonst hätte es doch nicht funktioniert. Aber das stand natürlich erst mal alles nur auf dem Papier. War ja auch nicht so einfach, sich wieder zu vertragen, nachdem man sich gerade bis aufs Blut bekämpft hatte. So hat mein Vater es mir mal erklärt.« Sie fuhr mit dem Finger die lange Liste der Namen im Literaturverzeichnis entlang. »Inga Blatt – die kenne ich! So hieß meine Deutschlehrerin hier am Gymnasium!«

Marie beugte sich vor und versuchte die Zeile zu finden, auf die die junge Frau zeigte. »›Fachdidaktik und Geschichte – eine empirische Studie. Kiel, 1980.‹ Aha. Elsa Knudsen-Hoppe hat auch in Kiel studiert. Bis sie ihren Mann kennen lernte.«

»Das ist eine total nette Frau, die Inga. Die würde ich gern mal wieder sehen.«

»Inga Blatt«, murmelte Marie, nahm der Dänin das Buch aus der Hand und schlug die erste Seite auf. *Für I.* prangte dort noch immer, rätselhaft und diskret. »Vielleicht kannten sich die beiden Frauen. Sehen Sie mal die Widmung hier. – Wie alt ist diese Lehrerin?«

»Inga? Keine Ahnung. So alt wie Sie vielleicht?« Die Journalistin kniff die Augen zusammen. »Oder ein bisschen jünger.«

»Ich bin achtundvierzig«, sagte Marie mit möglichst neutraler Stimme. »Könnte hinkommen. Vielleicht haben sie zusammen studiert.«

»Aber Inga Blatt ist Dänin. Sie spricht allerdings perfekt Deutsch. Im Gegensatz zu mir. Ich mache immer so viele Fehler.«

»Nein«, beeilte sich Tomkin zu sagen. »Du sprichst fantastisch.«

»Wo sind Sie denn zur Schule gegangen?«, fragte Marie.

»Duborg Skolen natürlich. Meine Eltern zogen nach Flensburg, als ich dreizehn war. Die Schule ist gleich hier oben, die Treppe rauf.«

»Da könnten wir jetzt eigentlich noch kurz vorbeigehen. Würden Sie vielleicht kurz mit runterkommen und uns zeigen, wo wir langmüssen?«

»Klar. Ich kann auch mitkommen. Aber nur unter einer Bedingung: dass wir uns duzen.«

Ein Kehrwagen fuhr mit viel Lärm am Bürgersteig vorüber, mit seinen Bürsten vorne und hinten eilig die blitzsauberen Kantsteine polierend, als Marie, Britta und Tomkin aus der Bibliothek auf die Straße traten. Ein schwarzer BMW bog in die Norderstraße ein, überholte den Kehrwagen und donnerte mit überhöhtem Tempo an ihnen vorbei, die Stereoanlage bis zum Anschlag aufgedreht.

»Neustadt, ein Problemgebiet«, erläuterte Britta. »Hier am Nordertor geht es nicht so gemütlich zu. Flensburg hat eben für jeden etwas zu bieten. Und jetzt bitte links.«

Eine endlose Steintreppe tat sich zwischen zwei Häuserfronten auf. In drei Absätzen ging es steil bergan zu einem mächtigen roten Backsteingebäude. Eine Horde Schulkinder stürmte die Treppe hinunter, ihnen entgegen.

»Scheint gerade Mittagspause zu sein. Also dann – Bergsteigen gehört in Flensburg immer dazu.«

Marie seufzte und warf einen wehmütigen Blick zurück in die Norderstraße, wo ihr Wagen stand. Aber die Straße machte einen weiten Bogen, der Opel Vectra war von hier aus nicht zu sehen. Hatte sie eigentlich die Parkuhr gefüttert? Sie konnte sich gar nicht mehr daran erinnern.

Lange war es bestimmt noch nicht her, dass die angehende Journalistin die Schule verlassen hatte. Man konnte sich leicht täuschen, wenn man das Alter von jungen, gut aussehenden Frauen einschätzen wollte, aber Marie war sich ziemlich sicher, dass Britta noch keine fünfundzwanzig war. Ihr Umgang war offen und herzlich, durch und durch selbstsicher und noch ungetrübt von den kleinen Enttäuschungen und Trauerfalten, die das Leben über kurz oder lang für jeden, auch für seine größten Günstlinge, bereithielt. Beneidenswerte Kraft und die

Zuversicht, dass das Beste noch vor ihr läge, strahlte die junge Frau aus.

Am Ende der Treppe angelangt, mussten Marie und Tomkin sich erst mal verschnaufen. Sie lehnten sich weit über die steinerne Brüstung und genossen den Ausblick über die Förde, den Hafen und den Stadtteil Jürgensby auf der anderen Seite. Links davor lag der Yachthafen, und für einen Augenblick konnte man glauben, in Südfrankreich zu sein oder an der Riviera. Malerisch, fast kitschig schön das Panorama. Genau vor ihnen auf der anderen Seite stand ein grasgrüner Wasserturm. Davor lag eine Großbaustelle, deren Rohbauten Marie spontan an die Bausünden Hamburger Investoren erinnerten, riesige Komplexe mit Büros und Apartments direkt am Wasser, deren Mieten kein Mensch bezahlen konnte.

»Hübsch«, meinte Tomkin und zog Marie zu sich heran. »Oder wie gefällt dir die Stadt? Wollen wir nicht nach Flensburg ziehen?«

Marie sah ihren Lebensgefährten skeptisch an. »Worauf willst du hinaus? Du weißt doch, dass ich nichts davon halte zusammenzuwohnen.«

Tomkin lachte. »Du bist immer so streng. Man darf doch mal träumen, oder?« Er stieß sich von der Mauer ab und zog Marie mit sich. »Komm, Britta wartet schon da vorn an der Schule.«

Duborg Skolen stand über dem Eingang, darüber wehte der Danebrog, die rotweiße dänische Flagge. An die hohe Backsteinmauer hatte jemand mit Kreide »Dein ist das Ende« geschmiert.

»So, da wären wir. Der gute alte Schulhof«, sagte Britta seufzend.

Aus den offenen Fenstern drangen vereinzelte Stimmen, von Ferne sang ein Chor, der am Klavier einstudiert wurde.

»Ein dänisches Lied?«, fragte Marie.

»Ist das nicht ein Gospel, ›Oh when the saints‹ vielleicht?«, schlug Tomkin vor.

»Keine Ahnung«, sagte Britta. »Die Dänen lieben ja das Singen sehr. Das geht schon in der Schule los. Außerdem gibt es keine

Familienfeier ohne Gesang. Bei jeder möglichen oder unmöglichen Gelegenheit holen sie die Liederbücher heraus. Nur in meiner Familie haben wir keine Lust dazu. Wir kommen immer extra zu spät, wenn wir irgendwo eingeladen sind, wo gesungen wird.« Sie überquerte den Schulhof und blieb vor dem beeindruckenden Portal stehen. Die Fassade war üppig mit Wein bewachsen, die Fenster mit dunklem Bleiglas verziert.

»Da links wohnt E. J., der Direx«, erläuterte sie, wobei sie die beiden Buchstaben amerikanisch aussprach: I-jay. »E. J. ist immer im Dienst. Am besten, wir fragen gleich ihn. Halb eins, vielleicht ist er noch in seinem Büro.«

Sie betraten das Gebäude und gingen hoch in den ersten Stock. Die hölzernen Treppengeländer waren mit runden Noppen versehen, damit niemand auf die Idee kam, auf dem Hosenboden das Geländer hinunterzurutschen. An den Wänden hingen große bunte Gemälde mit historischen Motiven. Es roch appetitlich nach Bohnerwachs und Lederranzen. Eine Bilderbuchschule.

Sie hatten Glück, der Direktor öffnete ihnen selbst die Tür und bat sie herein. Der Ausblick aus seinem Zimmer war atemberaubend.

»Britta Madsen« war alles, was Marie in dem dänischen Wortwechsel verstand, der sich sofort zwischen den beiden entspann. Lehrer und ehemalige Schülerin schüttelten sich lange die Hände.

»Darf ich vorstellen«, sagte Britta schließlich auf Deutsch mit Rücksicht auf Marie und Tomkin. Aber kaum dass die beiden Guten Tag gesagt hatten, fiel sie wieder zurück ins Dänische, das für Maries Ohren vollkommen fremd und unverständlich klang. Nicht ein einziges Wort erinnerte ans Plattdeutsche oder gar Hochdeutsche, als wären die Sprachen überhaupt nicht miteinander verwandt. Im Dänischen klangen die Vokale eirig, Konsonanten schienen gar nicht vorzukommen. So blieben die Worte weich, geleeartig in der Luft hängen, als hätten sie keine Knochen. Die Sätze hatten in Maries Ohren keinen Anfang und kein Ende. Ihr Rhythmus war synkopisch, ungewöhnlich, wie ein Kontratanz. Faszinierend.

Nachdem der Direktor ein paar Fragen gestellt und Britta ihm vermutlich den Anlass ihres Besuches erklärt hatte, wechselten die beiden endlich ins Deutsche.

»Herzlich willkommen – schade, dass ich Ihnen nicht weiterhelfen kann«, sagte E. J. »Die Kollegin Inga Blatt ist zur Zeit beurlaubt. Sie hätte sich sicher sehr gefreut, Sie kennen zu lernen. Von Britta lesen wir ja hin und wieder mal was in der Zeitung. Wenn man ihre Schulaufsätze kennt, wundert es einen nicht, wie gut sie schreibt«, erklärte er an Marie und Tomkin gewandt.

Marie fiel auf, dass er vorrangig sie ansprach. Vielleicht lag es daran, dass Britta sie als Kommissarin vorgestellt hatte. Es passierte ihr sonst häufig, dass sie zurückgesetzt wurde, wenn sie in männlicher Begleitung eine Befragung durchführte. Man ging doch immer davon aus, dass der anwesende Mann der Hauptverantwortliche war. Vielleicht war dies für einen Dänen nicht so selbstverständlich. Die dänischen Frauen waren den deutschen in puncto Emanzipation ja schon immer ein Stückchen voraus gewesen.

»Schade«, meinte Marie. »Seit wann ist sie beurlaubt?«

»Schon das ganze Schuljahr über. Ihre Mutter ist sehr krank, und sie hat sich entschlossen, sie zu Hause zu pflegen. Wir hoffen sehr, dass sie bald wieder bei uns arbeitet.«

»Ob wir sie vielleicht zu Hause besuchen könnten?«

»Sie wohnt in Aabenraa«, sagte der Direktor und wechselte dann Britta gegenüber wieder ins Dänische. Es schien sich den Gesten nach um eine Wegbeschreibung zu handeln.

»Ich würde sie schrecklich gern besuchen«, meinte Britta schließlich. »Wenn ihr wollt, fahre ich mit euch zusammen hin. Von mir aus auch gleich, ich hab heute frei.«

»Das wäre wunderbar«, sagte Marie. »Wir haben heute schon so viel mit der Straßenführung gekämpft, eine Ortskundige käme uns da gerade recht. Mein Wagen steht unten in der Norderstraße.«

»Nehmen wir lieber meinen, der steht hier oben hinter der Schule.«

»Ich glaube, ihr müsst ohne mich fahren.« Tomkin durchsuchte hektisch seine Jacketttaschen. »Ich habe meinen Ausweis nicht dabei. Wahrscheinlich in Hamburg vergessen.«

»Kein Problem«, sagte E. J. »Die Grenzen sind ja offen.«

»Ich müsste nur langsam mal etwas essen«, meinte Marie. »Vielleicht halten wir unterwegs an einer Würstchenbude.«

»Wenn ihr wollt, fahre ich euch zum besten Pølserstand von ganz Sønderjylland«, sagte Britta. »Und das ist nicht mal ein Umweg.«

Kapitel 10

Britta hatte die Einkaufsstraße von Apenrade weiträumig umfahren und kurvte kreuz und quer im Straßengewirr hinter der Storegade herum. Die Gassen der Altstadt waren eng, wenn auch nicht so eng wie die von Flensburg. Die Häuser sahen ziemlich klein und geduckt aus. Das ganze Stadtviertel wirkte dadurch eher dörflich.

»Persillegade vier, hier muss es sein«, sagte Marie und wies auf ein sonnengelb gestrichenes Haus, das eingeklemmt war zwischen einem hohen weißen rechts und einem lachsfarbenen kleineren auf der linken Seite.

»Petersilienstraße, das passt so gut zu Inga, als hätte sie sich den Namen selbst ausgesucht«, sagte Britta grinsend. »Sie ist so der Typ, der Blümchen am Hut tragen könnte. Aber ich habe mal gehört, dass hier früher das Abstiegsviertel von Apenrade war. Hier wohnte der ›Abschaum‹. Heute scheint das nicht mehr so zu sein. Sieht ja alles todschick renoviert aus. Steigt doch schon mal aus, ich suche einen Parkplatz.«

Ehe Marie in Versuchung kam, auf eigene Faust an Inga Blatts Tür zu schellen, tauchte Britta wieder auf und steuerte direkt auf das gelbe Häuschen zu. Sie klingelte, wartete, aber es tat sich nichts. Sie klingelte noch einmal. Legte ihr Ohr an die Tür. Klopfte leise und rief schließlich etwas auf Dänisch. Jemand schien von drinnen zu antworten. Es entspann sich ein unverständlicher Dialog durch die geschlossene Tür.

»Inga ist nicht da«, erklärte Britta schließlich. »Sie ist kurz einkaufen, sagt Mette, ihre Mutter. Wollen wir warten?«

»Hast du die jetzt etwa auch geduzt?«, fragte Tomkin, der seit Jahren versuchte, mit dem deutschen Siezen und Duzen klarzukommen. Vergeblich. Er war sich nie sicher, ob er es richtig machte. Manchmal siezte er aus Verzweiflung alle, auch Marie. Dann hatte er wieder lange, kindlich wirkende Phasen, in denen er alle und jeden, hohe Verwaltungsränge eingeschlossen, konsequent duzte. Aber das war auch keine Lösung.

»Natürlich, wir duzen uns alle in Dänemark. Auch in der Schule, genau wie ihr im Englischen. ›De‹, das ›Sie‹, gibt es auch, es wird aber selten verwendet. Eigentlich nur, wenn man besonders höflich sein möchte. Und natürlich für den König und die Königin. – Da ist sie ja!«

Britta stürmte auf eine kleine Frau in einem langen Mantel zu, die zwar nicht die dänische Königin, aber offenbar die Lehrerin Inga Blatt war. Sie trug zwei schwere Plastiktüten mit dem Aufdruck Føtex, die sie absetzte, um Britta herzlich in die Arme zu schließen. Dann schaute sie fragend Marie und Tomkin an, und Britta redete weiter in dieser unverständlichen Sprache auf sie ein, vermutlich so etwas wie eine Vorstellung. Marie lächelte verlegen und sagte etwas sehr artig: »Guten Tag, Frau Blatt.«

Tomkin war da souveräner und nahm sich kurzerhand der beiden Tüten an, während die Lehrerin die Haustür aufschloss. »Eine ausgezeichnete Idee, mal herzufinden zu uns«, sagte sie in fließendem Deutsch und ließ ihre Gäste zuerst eintreten. »Wo jetzt die Grenzen offen sind, ist es doch wirklich kein Umstand mehr. Ist das nicht herrlich?«

Das Häuschen war drinnen genauso dänisch niedlich wie es von draußen aussah. Im Erdgeschoss befanden sich nur eine Küche und eine große Stube, das Zimmer der Mutter, die im Rollstuhl saß und den Besuch misstrauisch musterte, ehe sie ihnen allen ihre weiche, kraftlose Hand reichte.

»Sicherheitshalber öffnet meine Mutter nicht mehr die Tür, wenn sie die Leute nicht kennt, die davor stehen«, erklärte die Lehrerin. »Was soll sie auch mit Besuch. Sie unterhält sich sowieso nicht gern mit Fremden. Lieber erzählt sie Birte oder mir immer wieder die alten Geschichten von früher – Birte, das ist die Pflegerin, die jeden Morgen kommt. Stimmt's, Mama?«

Die alte Frau hatte schweigend zugehört und mit den Augen verfolgt, was ihre Tochter flink aus den Einkaufstaschen in die Schränke räumte. Direkt angesprochen, verzog sie missbilligend das Gesicht und drehte den Rollstuhl, um zurück in ihr Krankenzimmer zu rollen.

»Jetzt ist sie beleidigt«, flüsterte Inga Blatt. Und dann rief sie ihrer Mutter nach: »Ich gehe mit meinem Besuch nach oben. Du musst heute mal allein essen. Ich schiebe dir was in den Ofen.«

»Wir stören hoffentlich nicht allzu sehr«, sagte Marie.

Aber die Dänin winkte ab. »Überhaupt nicht, im Gegenteil.« Sie hantierte weiter in der Küche, setzte dann Kaffeewasser auf und stellte Tassen und Teller auf ein Tablett. Ihre Hände waren sehr klein, die Finger kurz und flink, immer in Bewegung. Alles an ihr war klein und rund. Sie war höchstens einen Meter fünfzig groß, passend für das kleine Häuschen. Das silbergraue Haar umrahmte ein rundes, feines Puppengesicht. Unmöglich, ihr Alter zu schätzen, befand Marie. Das Alter sehr kleiner Menschen einzuschätzen fiel ihr genauso schwer wie das sehr junger. Zwischen Mitte vierzig und Mitte fünfzig tippte sie.

Schließlich bat Inga Blatt ihre Gäste eine schmale, gewundene Treppe hoch bis unter das Dach, wo sich offenbar ihr Wohnzimmer befand. Ein Giebelzimmer mit einer langen Wand voller Bücher, einem zierlichen antiken Schreibtisch unter dem Fenster, der unter Papierbergen fast verschwand, und einer gemütlichen Sitzecke. Sie überließ Marie und Tomkin das Sofa und Britta den Fernsehsessel, um selbst auf einem Hocker Platz zu nehmen. Nachdem der Kaffee eingeschenkt war, drückte sie noch mal Brittas Hand. »Ich freu mich so, dich zu sehen. Erzähl, wie geht es dir? Was macht –« Die Lehrerin unterbrach sich und blickte mit einem entschuldigenden Lächeln zu Marie. »Verzeihung, ich bin etwas unhöflich. Sie zuerst, Sie haben ein Anliegen, hat Britta gesagt. Was kann ich für Sie tun?«

»Ich habe ein paar Fragen, Frau Blatt, die sich aus meiner Arbeit in Hamburg ergeben«, begann Marie umständlich. »Ich bin Kriminalkommissarin, ich arbeite bei der Mordkommission. Wir untersuchen zurzeit den Tod einer Frau, die Sie vielleicht gekannt haben. Ich bin allerdings nicht in meiner Funktion als Polizistin hier in Dänemark, sondern ganz privat.«

Die Lehrerin lächelte und nickte.

»Es handelt sich um Elsa Knudsen-Hoppe.«

Das Lächeln erstarb. Inga Blatts Gesicht erstarrte wie ein Film, den man angehalten hatte.

»Haben Sie Frau Knudsen-Hoppe gekannt?«

Keine Antwort.

»Britta hatte die Idee, dass Sie Frau Doktor Knudsen-Hoppe kennen könnten, weil sie Ihren Namen in ihrer Dissertation erwähnt hat und Sie beide etwa zeitgleich in Kiel studiert haben. Sie zitiert Ihre Studie ›Fachdidaktik und Geschichte‹.«

»Und außerdem die Widmung«, fiel Britta ein.

»Die Arbeit trägt eine Widmung: ›Für I.‹«, erklärte Marie. Damit könnten zum Beispiel Sie gemeint sein. I wie Inga.«

Bei der Erwähnung ihres Namens sah die Lehrerin auf. »Was ist mit Elsa?«, fragte sie langsam.

»Frau Knudsen-Hoppe ist gestern Morgen ermordet in ihrer Hamburger Wohnung gefunden worden.« Marie hatte die Dissertation auf der Seite mit der Widmung aufgeschlagen, aber die Lehrerin gönnte ihr keinen Blick. »War die Tote eine gute Freundin von Ihnen?«

»Wir haben zusammen studiert.« Inga Blatt senkte den Kopf und fing an, nach einem Taschentuch zu suchen. Als sie schließlich eins fand, drückte sie es sich an die Lippen und schloss die Augen.

»Es tut mir Leid«, sagte Marie und machte eine Pause, damit die Lehrerin sich wieder fassen konnte. »Kannten Sie Elsa Knudsen-Hoppe gut?«

»Ja.«

»Darf ich fragen, woher Sie sich kennen? Wann haben Sie sie zuletzt gesehen?«

Die Lehrerin holte tief Luft und sagte schließlich mit fester Stimme: »Vor zweiundzwanzig Jahren.«

»Oh, so lange ist das her? Dann waren Sie gar nicht mehr miteinander befreundet in den letzten Jahren?«

»Nein.«

»Ihr Tod scheint Sie dennoch sehr zu berühren.«

Inga Blatt schwieg. Tomkin rutschte unbehaglich auf seinem Sessel herum.

»Wissen Sie schon, wer der Täter ist?«, fragte die Lehrerin schließlich.

»Nein. Wie kam es, dass Sie sich so aus den Augen verloren haben?«

»Elsa und ich haben in Kiel zusammen studiert. Als Elsa heiratete, zog sie nach Hamburg. Ich ging nach Flensburg, weil ich hier eine Stelle für das Referendariat bekam. Wie ist sie – ich meine, wie ist sie getötet worden?«

»Sie ist an ihrem Schreibtisch erschlagen worden. Sie war sofort tot.«

Inga Blatt senkte wieder den Kopf.

»Leider konnten wir bisher sehr wenig über Ihre ehemalige Freundin in Erfahrung bringen. Sie war eine attraktive Frau. Aber sie hat sehr zurückgezogen gelebt. Niemand scheint sie näher gekannt zu haben. Außer ihrem Mann natürlich. Und außer Ihnen«, fuhr Marie fort, nachdem alle einen Augenblick geschwiegen hatten. »Bitte verstehen Sie mich nicht falsch, aber ich muss Sie fragen, wo Sie gestern Morgen zwischen acht und zwölf Uhr waren.«

»Ist das der Zeitraum, in dem sie ermordet wurde?« Die Augen der Lehrerin huschten über die Wände des Zimmers, die Bücherregale, die Fensterfront am Ende des rechteckigen Raumes. Als ob sie sich vorstellte, was ihre ehemalige Freundin nun alles nicht mehr sehen konnte. Oder um sich zu versichern, dass sie selbst es alles noch wahrnahm, also weiterhin am Leben war.

Marie nickte.

»Ich war unterwegs, einkaufen.«

»Hier in Apenrade?«

»Nein. Ich war in Deutschland.«

»Wo genau? Deutschland ist groß.«

»Ich bin herumgefahren.«

»Mit dem Auto?«

»Nein. Mit dem Bus. Mit dem Zug.«

»Es wäre gut, wenn Sie uns sagen könnten, wo Sie wann gewesen sind. Waren Sie in Flensburg?«

»Auch.«

»Auch?«

»Nicht den ganzen Vormittag.«

»Sie sprechen in Rätseln. Haben Sie vielleicht irgendjemanden getroffen? Jemand, der ihre Aussage bestätigen könnte?«

»Nein.«

Marie schenkte sich selbst Kaffee nach, nahm zwei Stückchen Zucker und rührte lange um. Das zweifellos sehr gute Hot Dog aus der Imbissbude am kleinen Yachthafen vor den Ochseninseln, wo Britta sie hingefahren hatte, hatte nicht lange vorgehalten. Marie spürte schon wieder ihren Magen knurren. Sie brauchte außerdem einen Moment Bedenkzeit. Schade, dass sie allein hier war. Karsten oder die kleine Bollmann könnten sie jetzt ablösen, wenn sie dabei wären.

»In Flensburg kennst du doch Hinz und Kunz«, brach Britta das Schweigen, um ihrer alten Lehrerin auf die Sprünge zu helfen. »Du hast garantiert irgendwen getroffen, da bin ich sicher. Wo warst du denn überall? Was hast du gekauft?«

Ein Lächeln erhellte kurz das runde Puppengesicht. Dann war es wieder wie eingefroren. »Ich war gestern in Hamburg«, sagte Inga Blatt schließlich mit fester Stimme. »Ich bin mit dem Interregio gefahren, der um neun Uhr siebzehn am Hauptbahnhof ankommt.«

»Sie waren in Hamburg?«, fragte Marie ungläubig.

»Ja.«

»Sie wissen, dass das eine sehr schwer wiegende Aussage ist? Was haben Sie in Hamburg getan?«

»Ich war einkaufen.«

»Wo?«

»In einer Parfümerie.«

»Und dann?«

»Dann bin ich wieder nach Hause gefahren.«

»Sie sind nur zum Parfümkauf nach Hamburg gefahren?«

»Es gibt in Deutschland günstigere Kosmetika.«

»Sie sind sich ganz sicher, dass Sie nicht Ihre alte Freundin Elsa in Hamburg besucht haben?«, hakte Marie nach.

»Ich sagte doch schon, ich habe sie seit zweiundzwanzig Jahren nicht mehr gesehen.«

»Ja, das sagten Sie, aber Sie sagten auch, Sie seien in Flensburg gewesen. Und nun plötzlich waren Sie in Hamburg, Frau Blatt.« Maries Stimme war schärfer geworden. Sie fühlte Brittas erschrockenen Blick auf ihrem Gesicht, ließ die Lehrerin aber nicht aus den Augen.

»Ich antworte genau und wahrheitsgemäß«, sagte die Lehrerin sehr leise. »Ich habe Parfüm gekauft. Dann habe ich noch einen Besuch gemacht in Hamburg, aber der hat nichts mit dieser Sache zu tun. Mehr möchte ich nicht sagen.«

»Schade«, bellte Marie und riss sich gleich darauf wieder zusammen. Britta zuliebe. Außerdem gab es keinen Grund, ausfallend zu werden. Im Übrigen war sie nicht zu Hause. Sie ermittelte in einem fremden Land, noch dazu in Dänemark. Wenn ihre dänischen Kollegen erfuhren, dass sie ohne Ankündigung hier Befragungen durchführte, käme sie in Teufels Küche. Sie entschuldigte sich. Inga Blatt nahm es schweigend zur Kenntnis.

»Es tut mir Leid«, sagte Britta nach einem peinlich stillen Augenblick. »Ich habe mich so gefreut, dich wieder zu sehen, Inga, und nun ist es so dramatisch. Darf ich dich in den nächsten Tagen noch einmal besuchen? Wir gehen zusammen essen, wenn du Lust hast.«

Die Lehrerin nickte und lächelte ein wenig verloren. Als Marie und Tomkin sich erhoben, stand sie auf und lief ihnen voran die Treppe hinunter, um sie zur Tür zu bringen. Ihre kleinen Augen blickten sehr wachsam, als sie ihnen die Hand zum Abschied reichte. Wachsam und – wie Marie sich eingestehen musste – sehr traurig.

Kapitel 11

»Scheiße«, sagte Marie und blieb wie angewurzelt stehen. »Der ist weg.«

Tomkin ging eilig weiter die Norderstraße hoch bis vor das historische Torgebäude, das mit seinem Treppengiebel die enge Fahrbahn überspannte. Dann lief er auf der anderen Straßenseite wieder zurück. Der blaue Opel Vectra mit dem Hamburger Kennzeichen war tatsächlich nirgends zu sehen.

»Der ist weg«, wiederholte Marie, die Hände in die Seiten gestemmt. »Abgeschleppt. Kein Parkschein. So ein verdammter Scheiß.«

»Weißt du denn wirklich noch genau, wo du geparkt hast? Da kann man sich leicht irren. Und hier sieht alles ziemlich ähnlich aus.«

Marie schüttelte den Kopf. »Hier sieht doch jedes Haus anders aus. Vor dem da habe ich ihn abgestellt. Ich erinnere mich ganz genau. Als ich ausstieg, habe ich mich in dieser blinden Schaufensterscheibe da vorne gespiegelt und noch gedacht: ›Ziemlich viele leere Geschäftslokale hier in der Gegend. Seltsamer Kiez.‹ Was mache ich jetzt?«

»Vielleicht ist er geklaut.«

Marie schüttelte den Kopf, mehr aus Ungläubigkeit denn als Widerspruch.

»Stimmt was nicht?« Britta kurbelte ihr Seitenfenster herunter. Als sie keine Antwort bekam, stellte sie den Motor ab und stieg aus. »Wo ist denn euer Wagen?«

»Weg«, sagte Marie.

»Geklaut«, ergänzte Tomkin.

»Oh nein«, rief Britta. »Ein Polizeiauto?«

»Das sieht man ihm ja nicht an. Es ist ein Zivilfahrzeug.«

»Bestimmt seid ihr nur abgeschleppt worden. Hier ist doch

eine Bushaltestelle – hast du ihn wirklich genau hier abgestellt?«

Marie sah sich um. Tatsächlich stand ein paar Meter weiter deutlich gekennzeichnet ein Mast der Verkehrsbetriebe.

»Wenn ihr wollt, fahre ich euch schnell bei der Wache rum«, bot Britta an. »Gar nicht erst groß ärgern. Ich weiß auch, wo die abgeschleppten Autos abgestellt werden. Wir holen den Wagen gleich wieder ab. So was kann doch mal passieren.«

»Vielleicht sollten wir erst mal da drüben in der Taxizentrale fragen, ob die was gesehen haben«, sagte Tomkin, überquerte schon die schmale Straße und verschwand in der offenen Ladentür. Hinter einem Schaufenster mit halbhohen Gardinen saß ein korpulenter junger Mann an einer Funkanlage und gestikulierte. Drei oder vier Taxis standen auf dem Parkstreifen vor der Phänomenta, einem Museumskomplex gleich gegenüber dem alten Stadttor, dem Wahrzeichen der Stadt.

Einen Augenblick später trat Tomkin wieder auf die Straße. »Der hat nichts bemerkt. Obwohl er den ganzen Tag Dienst hatte und quasi genau auf unseren Wagen gestarrt hat.«

»Ein Abschleppmanöver hätte er doch registrieren müssen«, sagte Marie empört.

»Vielleicht musste er mal für kleine Taxifahrer. Hattest du irgendwas Wichtiges im Wagen?«, fragte Tomkin. »Abgesehen von unserem Gepäck – zum Glück habe ich meinen Laptop in Hamburg gelassen.«

»Zwei Funkgeräte. Und ein paar Landkarten und so weiter.«

»Mist.«

»Die Gegend hier ist wirklich nicht ganz ohne«, murmelte Britta. »Hier ist der Drogenumschlagplatz von Flensburg, könnte man sagen. Ganz so klein und niedlich sind wir eben doch nicht. *Wenn* irgendwo ein Wagen geklaut werden kann, dann sicher hier.«

An der Ecke vor dem Nordertor, vor der Kneipe *Don Juan,* hockten ein paar dunkelhäutige Don Juans und beobachteten schweigend, wie die drei beratschlagten.

»Hat jemand von Ihnen vielleicht gesehen, wie ein blauer Opel Vectra hier abgeschleppt worden ist?«, fragte Marie einen muskelbepackten, sehr behaarten Mann im Unterhemd, der sie interessiert musterte.

»Opel Vectra? Der ganze neue? Habe ich heute gesehen. Ist weggefahren links hoch, Duburger Straße. Hamburger Kennzeichen, ist durch Nordertor gefahren, das ist verboten. Nur für Busse erlaubt. Darum habe ich beobachtet und Kennzeichen gemerkt. Sie suchen diese Auto?«

»Es ist zufällig meins.«

»Oh«, machte der Mann anteilnehmend. »Ich gleich gedacht, das nicht gut. Ich habe das«, er rieb Zeigefinger und Daumen kurz aneinander, »gefühlt. Aber, Madame, Versicherung wird zahlen, keine Sorge.«

Marie seufzte und bedankte sich.

»Vielleicht ist der Wagen schon in Polen«, sagte Tomkin. »Oder in Dänemark. Jedenfalls nicht mehr in Flensburg«, hängte er mit einem entschuldigenden Blick auf Britta an.

»Dass ausgerechnet mir das passieren muss«, murmelte Marie. »Ein geklauter Dienstwagen ist so ziemlich das Peinlichste, was es gibt.«

Sie holte ihr Handy heraus und rief den Notruf an. Ein paar Minuten später wusste sie definitiv, dass der Wagen nicht abgeschleppt worden war. Sie vereinbarte, später aufs Revier zu kommen, um Anzeige zu erstatten, und gab alle nötigen Daten durch, damit die Einsatzleitstelle den Wagen automatisch in die Fahndung eingeben konnte.

»Ich glaube, ich nehme dein Angebot an, Britta. Wenn du uns noch zur Wache fahren könntest – das wäre echt gut.«

»Kein Problem. Ich frage mich nur, ob ihr nicht erst mal mit zu mir nach Hause kommen solltet – euch ein wenig ausruhen. Es war doch ein ziemlich anstrengender Tag.«

»Das ist lieb, aber wir sollten lieber zusehen, dass wir noch einen Zug zurück nach Hamburg bekommen.«

»Aber deine Ermittlungen sind noch längst nicht abgeschlossen«, warf Tomkin ein. »Du kannst doch diese Inga Blatt nicht einfach so abhaken.«

»Ich brauche jetzt erst mal etwas zu essen«, sagte Marie. »Vorher geht gar nichts.«

»Ich habe auch Hunger«, sagte Britta. »Lasst uns doch auf jeden Fall noch zusammen essen gehen. Ich kenne einen guten Griechen, gleich bei mir um die Ecke.« Sie öffnete einladend ihre Beifahrertür. »Und dann seht ihr weiter.«

Kapitel 12

Kein Lichtschimmer drang durch die dicken Samtvorhänge vor den Fenstern des Arbeitszimmers, das nach Osten hinausging. Nur seitlich und auf der Fensterbank drängte die Sonne sich in grellen Keilen herein und reflektierte so stark, dass Knudsen rote Flecken vor den Augen hatte, nachdem er eine Weile darauf gestarrt hatte. Die Luft roch warm und stickig. Er wollte ans Meer fahren, noch heute. Heute Nachmittag. Er musste raus hier.

Entschlossen warf er die verschwitzte Decke ab und setzte sich auf dem Diwan auf. Die letzten beiden Tage waren furchtbar gewesen. All die Dinge, die zu regeln waren. Und dann Torben. Er hatte ihm die Nachricht am Telefon überbringen müssen. Heute wollte der Junge kommen. Nach Wassersleben, in die Wohnung.

Knudsen tappte ins Bad, dann in die Küche. Die Kaffeemaschine anzuschmeißen lohnte sich nicht für ihn allein. Gestern hatte er sich Nescafé geholt, nebenan bei dem kleinen Höker, bei dem Elsa nie hatte kaufen wollen, weil er angeblich verdorbene Waren anbot. Elsa war immer sehr wählerisch gewesen beim Einkaufen, vor allem bei den Nahrungsmitteln. Ein wenig pedantisch. Fast schon zwanghaft. Aber wer war nicht ein wenig zwanghaft, degeneriert, alle waren es. Hupe zum Beispiel, der geschäftsführende Direktor seines Instituts – ein neidischer Paragraphenfuchser. Bis gestern hatte er sich geweigert, Knudsens außerordentliches Forschungssemester zu befürworten. Die Lehre an ihrem Institut sei nicht gesichert, wenn er ständig abwesend wäre.

Seit über einem Jahr betreute Knudsen eine Gruppe von straffällig gewordenen Jugendlichen, die auf einem Segler, der in Kiel lag, resozialisiert wurden. Die regelmäßige, anstrengende körperliche Arbeit, die See, die Abgeschiedenheit, all das sollte Wunder wirken auf ihre verwirrten Seelen und ihr gestörtes Sozialverhalten. Knudsen beobachtete und betreute das Projekt wissenschaftlich. Dass man dazu hin und wieder mal aufs Wasser musste, wo der Frachtensegler zwischen Estland und Schleswig-Holstein auf der Ostsee kreuzte, war doch klar. Aber Hupe, ach was, der ganze Fachbereich unterstellte ihm, er würde das Ganze nur als getarntes Freizeitvergnügen betreiben. Weil er nun mal segeln konnte. Nur Neid und Missgunst unter den Kollegen. Nachdem Hupe nun von dem Unglück mit Elsa erfahren hatte, rief er spätnachmittags an, um Knudsen mitzuteilen, dass sein Forschungssemester »auf unbürokratische Art und Weise« im Schnellverfahren durch den Dekan bewilligt worden sei. Er war frei. Er konnte bis zum nächsten Frühjahr tun und lassen, was er wollte. Er konnte sich in die Arbeit stürzen. Oder vom Dach eines Hochhauses.

Das Wasser begann zu sprudeln, Knudsen hob den Kocher aus der Halterung und goss vorsichtig Wasser in einen Henkelbecher, in den er drei Teelöffel Pulverkaffee getan hatte. Essen konnte er nichts. Wann hatte er zuletzt etwas gegessen? Gestern? Vorgestern? Er erinnerte sich nicht. Sein Gehirn war auf Sparflamme geschaltet. Bei Schock und Trauerfällen eine ganz natürliche Reaktion.

Trauerte er eigentlich schon um Elsa? Er versuchte, in sich hineinzuhorchen. Aber da war nur Leere. Stille. Dunkelheit. Tatsache war, dass er sich nicht vorstellen konnte, dass seine Frau nicht gleich hier durch die Tür trat, ihre vom Schlaf verwirrten langen Haare aus dem Gesicht strich, um die Hand wickelte und im Nacken wieder fallen ließ. So wie sie es Hunderte, Tausende von Malen getan hatte in den vielen Jahren, die sie verheiratet gewesen waren. Hatte ihn das früher an ihr bezaubert? Bestimmt. Es gab eine Zeit, da hatte ihn alles an ihr bezaubert. Ihr stolzer Gang, ihr unnahbares Lächeln, ihr ernstes Gesicht, ihr Haar, ihr Duft, wie sie lachte, wie sie ihn schmunzelnd, ein bisschen ironisch überheblich ansah. Und als Torben klein war –

wie sie sich über ihn beugte, sich um ihn kümmerte. Dabei hatte sie diese Rolle nicht geliebt und war wütend geworden, wenn er sie eine gute Mutter genannt hatte. Ein Klischee, ein chauvinistischer Wunschtraum. Sie war zur glühenden Feministin geworden, als er ihr dieses vermeintliche Kompliment gemacht hatte. Er hatte sich in der Folge zurückgehalten. Dann, nach und nach, fing das Auseinanderleben an. Er kannte keine Ehe, die dem entging. Leider. Eigentlich, doch, er hatte sie bis zum Schluss geliebt. Auf seine Weise. Auf eine distanzierte Weise. Er hatte schließlich auch andere Frauen geliebt, aber keine Affäre war von Dauer. Elsa war immer seine Frau geblieben, seine Nummer eins. Es wäre ihm nie in den Sinn gekommen, sich von ihr zu trennen. Er hatte sich nie vorgestellt, ohne sie zu leben. Aber nun war es plötzlich so.

Er nahm einen großen Schluck von dem Kaffee, der ihm die Zunge wund brannte. Hellbrauner Schaum wölkte auf der Oberfläche, er schmeckte salzig, scharf und bitter.

Knudsen ging zurück in sein Arbeitszimmer und schlüpfte in die Pantoffeln, die unter das Bett gerutscht waren. Es war drückend warm in diesem Zimmer. Hinter den Vorhängen knallte die Sonne inzwischen mit voller Kraft auf die Fensterscheiben. Er fror trotzdem und hatte kalte Füße von den Steinfliesen in der Küche. Er war froh über alles, was er sinnlich wahrnehmen konnte. Seine wirklichen Gefühle lagen wie auf Eis.

Was sollte er mit der Wohnung anfangen? Was sollte er überhaupt anfangen?

Im Fachbereich war er nicht nur von der Lehre befreit, auch sein Amt als Bafög-Beauftragter musste er für die Dauer der Beurlaubung nicht wahrnehmen. Im Fachbereichsrat würde sein Vertreter aktiv werden. Es war, als hätte Hupe ihn weggeschickt wie einen kleinen Jungen. »Geh auf dein Boot, hau ab, kotz dein Elend ins Meer, heule den Mond an oder die Sterne. Und wenn es dir wieder besser geht, Menschenskind, wenn du dich wieder eingekriegt hast, kannst du wieder unter uns Menschen kommen.«

War eigentlich gut gemeint. Hupe war von Haus aus Theologe, Religionspädagoge. Er wusste, wie man mit solchen Situationen umging, mit dem Menschlichen, Allzumenschlichen. Nur er, Knudsen, war nicht gerne Opfer. Er war ein Tatmensch, einer, der sich die Butter nicht vom Brot nehmen ließ.

Er trank seinen Becher in einem Zug leer und spürte, wie das Koffein in seinen Adern kreiste. Sein Herz hopste ein wenig. Duschen, Sachen packen, raus aus der Wohnung. Raus auf die Straße, über die Autobahn jagen, aufs Wasser, so schnell wie möglich, Luft ans Herz lassen. Elsas Tod ließ sich nicht ergrübeln. Er würde ihn erfahren, mit der Zeit. Stück für Stück. Und auch warum alles so hatte kommen müssen, würde er erfahren mit der Zeit.

Während er seinen Pyjama abstreifte und die Dusche aufdrehte, fing das Telefon an zu klingeln. Er hatte keine Lust ranzugehen. Der Anrufbeantworter war eingeschaltet. Dann fiel ihm ein, dass es Torben sein könnte. Er sah den Jungen vor seinem inneren Auge auf seinem Motorrad nach Hamburg jagen, blind vor Tränen, aufgepeitscht von dem plötzlichen Begreifen, dass es seine Mutter nicht mehr gab. Hektisch drehte er den Wasserhahn wieder zu und eilte in den Flur, wo das Telefon stand.

»Knudsen?«

Am anderen Ende der Leitung blieb es still. Es knackte ein ganz klein wenig.

»Hallo! Wer ist denn da?«

»Ich muss mit dir sprechen. Allein«, sagte eine mittelhohe Stimme. Die Stimme eines Mannes? Einer Frau? Knudsen war sich nicht sicher. Aber irgendetwas an ihr kam ihm vage bekannt vor.

»Wer spricht da?«

»Ich warte in Flensburg auf dich, am Südermarkt, vor der Klosterbäckerei. Heute um eins.«

»Um eins? In Flensburg? Was soll denn das? Worüber sprechen?«

»Über die Vergangenheit. Über die Gegenwart. Jetzt, wo Elsa tot ist …«

»Woher wissen Sie, dass meine Frau –«

»Ich werde nicht sehr lange warten.«

»Wie soll ich das schaffen, es ist doch schon halb zehn!«

Der Hörer wurde aufgelegt. Knudsen starrte einen Moment auf das Telefon, dann verschwand er fluchend im Bad. Wenn er sich beeilte, war es vielleicht doch gerade machbar.

Kapitel 13

Als der Dampfer zum dritten Mal seine Pfeife quälte, wachte Marie endgültig auf und fühlte sich kräftig genug, auch aufzustehen. Die halbe Nacht hatte sie nicht schlafen können und sich wie ein Spanferkel am Spieß zwischen den Kissen gedreht, wie immer, wenn sie abends zu viel getrunken hatte. Tomkin hatte leise neben ihr geschnarcht, lang hingestreckt wie eine vom Sturm gefällte Tanne, während sie mit einem Ohr auf die ungewohnten, mal fernen, mal näheren Geräusche der fremden Stadt gelauscht hatte, bis gegen Morgen die Vögel anfingen zu zwitschern. Möwengekreisch und das Zizidä der Meisen.

Der Margarethenhof, in dessen rechter Hälfte Brittas Wohngemeinschaft lebte, lag auf der östlichen Seite der Altstadt der Flensburger Einkaufsmeile gegenüber. Im Laufe des 16. Jahrhunderts erbaut, war das ehemalige Herrenhaus mehrfach umgebaut und erweitert worden, hatte Britta erzählt, bis es in den letzten Jahrzehnten des 20. Jahrhunderts mehr und mehr heruntergekommen und verfallen war. Es lag auf einer kleinen Anhöhe etwa auf der Grenze zwischen den Stadtteilen Jürgensby und St. Johannes. Das geschwungene Tor zur Johannisstraße hin wurde früher von zwei hohen Speichern flankiert. Der linke war im Krieg einer der wenigen Bomben zum Opfer gefallen, die auf Flensburg niedergegangen waren, der rechte stand noch. Dahinter gelangte man durch einen Innenhof mit plätscherndem Brunnen über eine Freitreppe hinauf ins Haus. Sehr idyllisch. Auf das Vogelgezwitscher am frühen Morgen hätte man, würde es nach Marie gehen, allerdings gut verzichten können.

Warum hatten sie es nach dem guten Essen beim Griechen ein paar Straßen weiter in der Süderfischerstraße auch nicht bei den zwei Gläsern Retsina und dem Ouzo bewenden lassen können? Britta hatte sie einfach mit zu sich nach Hause geschleppt und ohne zu fragen eine Flasche weißen Bordeaux aufgemacht, der dann leider noch weitere gefolgt waren. Nach und nach war die ganze Wohngemeinschaft eingetrudelt und hatte sich zu ihnen gesellt. Ludger, der Vater des kleinen Tillmann, der Geburtstag hatte und absolut nicht schlafen wollte, bis der Vater ihn einfach im Bett schreien ließ. Hannes, ehemals arbeitsloser Lehrer, jetzt in einem Bioladen tätig, sowie Katrin, seine neue Freundin, mit der er immerfort herumturtelte. Dann diese schüchterne Blondine, die Marie musterte, als wäre sie der Klassenfeind schlechthin, und schließlich Karol, Brittas Ex-Freund, der gerade ausgezogen war und noch ein paar Sachen abholen kam. Eine im Alter und in den Lebensauffassungen gemischte Gruppe, die aber recht harmonisch zu funktionieren schien. Zwei größere Kinder gab es noch, die aber schon im Bett lagen, als Britta, Tomkin und Marie vom Griechen kamen.

»Ihr bleibt einfach über Nacht hier, das ist gar kein Problem. Karols Zimmer ist leer, Matratzen haben wir mehr als genug. Und morgen kannst du dich in aller Ruhe um deinen geklauten Wagen kümmern«, hatte Britta resolut angeordnet. »Was wollt ihr denn in einem Hotel? Ist euch der Margarethenhof etwa nicht gut genug?«

Dann war sie verschwunden, um die Betten zu richten, und hatte sie der Obhut von Ludger überlassen, der gerade mit dem Abwasch des Kindergeburtstags fertig geworden war und sich händetrocknend zu ihnen setzte.

»Ganz schön mutig, einfach so in Dänemark zu ermitteln«, meinte er, nachdem Marie ihm berichtet hatte, warum sie nach Apenrade gefahren waren. »Soweit ich weiß, nehmen die dänischen Polizisten es ziemlich genau mit der Fünfundzwanzig-Kilometer-Grenze.«

»Fünfundzwanzig-Kilometer-Grenze? Was meinen Sie damit?«

»Laut Schengener Abkommen dürfen deutsche Polizisten nur innerhalb dieser Grenze einem Tatverdächtigen nachfolgen. Für eine Vernehmung muss man natürlich genau wie früher ein Rechtshilfeersuchen stellen.«

»Sind Sie Jurist?«

»Anwalt. Im Augenblick im Vaterschaftsurlaub. Familienjahr.«

»Aha.« Marie rutschte ein wenig nervös auf der Küchenbank herum. »Ich habe ja gar keine offizielle Vernehmung durchgeführt. Ich war privat in Apenrade. Das habe ich der Lehrerin auch gesagt.«

»Übrigens gucken die Dänen auf Ihren Tacho, wenn sie diese Fünfundzwanzig-Kilometer-Grenze überprüfen wollen. Haben Sie mehr als fünfundzwanzig Kilometer in Sønderjylland abgefahren, klapp, schicken sie Sie wieder nach Hause.« Ludger grinste. »Die Dänen haben noch ein paar andere Extraregeln ausgehandelt für den großen Nachbarn. Immer auf hab Acht bleiben.«

»Die Dänen scheinen ein gutes Gedächtnis zu haben.«

»Kann man wohl sagen.« Ludger lachte. »Aber wenn es um die Deutschen geht, wurmt sie vor allem die Niederlage bei den Düppeler Schanzen. Die deutsche Besatzung unter der Nazizeit ist gar nicht so das Ding. Spaß beiseite. Im Grunde geht es natürlich vor allem um das generelle Problem zwischen großen und kleinen Nachbarn.«

»Sie meinen, weil ein kleines Land immer unter der Vormachtstellung eines großen Nachbarn zu leiden hat?«, fragte Tomkin.

»Natürlich. Der große diktiert die Handelsbedingungen, die Außenbeziehungen, den Stil des Umgangs. Und im Kriegsfalle sind kleine Nationen auf die Bündnisse mit den großen angewiesen.«

»Was die Nazis vermutlich schamlos ausgenutzt haben«, sagte Marie.

Ludger wiegte den Kopf. »Mit unserem aktuellen Zusammenleben hat das eigentlich gar nicht mehr viel zu tun. So wenig wie die Tatsache, dass wir hier quasi in einer alten dänischen Stadt leben.«

»Es wird gesagt, dass die Lösung der deutsch-dänischen Grenzfrage in Schleswig als vorbildlich angesehen wird für alle möglichen Grenzstreitigkeiten in Europa, zum Beispiel aktuell in Jugoslawien«, sagte Tomkin.

»Deshalb gibt es ja auch das Zentrum für die Erforschung der Minderheitenfragen hier im Kompanietor. Aber im Ernst, was heißt schon vorbildlich? Man arrangiert sich miteinander, das ist doch klar. Britta gehört zur dänischen Minderheit, mein Vater ist in Fredericia geboren, aber ich bin auf eine deutsche Schule gegangen, Elli kommt aus Bad Godesberg, Hannes ist ein Flensburger ohne dänische Vorfahren, aber seine Großeltern waren Friesen. Und was macht das schon aus?«

»Ich dachte, es gäbe schon noch hier und da Berührungsängste zwischen den verschiedenen Gruppierungen.«

»Ach was. Der Neffe einer Freundin von mir, die aus Hessen kommt, geht auf das dänische Gymnasium, weil er früher im dänischen Kindergarten war, der war nun mal näher dran bei ihm zu Hause. Außerdem hatte er eine Rund-um-die-Uhr-Versorgung anzubieten – die Schwester meiner Freundin ist allein erziehend. Es gibt aber auch dänische Kinder, die in den deutschen Kindergarten geschickt werden. Es gibt hier alles, versteht ihr? Es gibt natürlich auch noch ein paar verbohrte dänische Familienväter, die was dagegen haben, wenn ihr Sohn nachmittags mit deutschen Kindern spielt, aber das ist die absolute Ausnahme. Vergangenheit. Nicht mehr ernst zu nehmen. Manche lernen's eben nie.«

»Aber früher …«

»Ja klar, früher gab es einen echten Grenzkampf. Mein Vater zum Beispiel wurde zu Hause verprügelt, wenn er auf dem Nachhauseweg mit einem Deutschen gesehen wurde, das hat er mir neulich noch erzählt. Die Generationen unserer Väter und Großväter haben halt noch Kriege miteinander ausgefochten. So was vergisst man nicht. Aber die jungen Leute heute sehen das doch ganz anders.«

»Habt ihr schon wieder die Grenzlandfragen beim Wickel?«, hatte Britta gefragt, als sie zurückkam. »Und ich hab schon gefürchtet, ihr könntet womöglich entdeckt haben, dass ihr damals in Brokdorf auf unterschiedlichen Seiten des Bauzauns gestanden habt. Marie bei den Bullen hinter den Wasserwerfern und Ludger und Hannes mit dem Seitenschneider im Graben.«

Sie hatten gelacht. Auf die nahe liegenden eigenen Konflikte waren sie gar nicht gekommen.

Bei der nächsten Flasche Wein waren dann die guten alten Zeiten der großen Anti-AKW-Schlachten – Kalkar, Sellafield, Larzac, Whyl – ausgepackt worden. Nach der dritten und vierten Flasche Bordeaux ging es um ernstere Straftatbestände wie Steine schmeißen und Mollis basteln. Gegen Mitternacht begann Elli, die Blondine aus Bad Godesberg, die in Flensburg an der Werkkunstschule eine Lehre als Bildhauerin machte, kleine Brötchen mit kunstvoll geschnitzten Tomaten und Basilikumblättern zu dekorieren. Dazu gab es selbst importiertes Bio-Olivenöl aus der Toskana, abgefüllt in leere Weinflaschen. Die ganze Komposition schmeckte ausgezeichnet und war eine gute Grundlage für die fünfte und sechste Flasche Weißwein. Als gegen zwei Uhr Per Oluf, Ellis Freund, von seiner Arbeit als Gitarrenspieler aus dem *Café Kult* unten am Hafen heimkam und noch mal die Klampfe auspackte, waren Marie und Tomkin endlich ins Bett gewankt. Bei den sanften Klängen von alten Bob-Dylan-Songs, den Liedern von Johnny Cash und Leonard Cohen hatte Marie sich plötzlich gewundert, dass Karsten Scholz sie den ganzen Abend über nicht zurückgerufen hatte.

Nachdem sie nun endlich ihre Bettdecke zurückzuschlagen vermochte, tastete sie neben der Matratze nach ihrem Handy. Es war nicht zu finden. Sie schlüpfte in die Straßenschuhe. In ihrem Kopf hämmerte und tobte es. Sie tappte hinunter in die Küche, trank ein Glas kaltes Wasser gegen den Kater und sah einen Augenblick lang der Sonne zu, die durch das Laub eines riesigen Kastanienbaums zerbrochene bunte Kringel an die weiß gekalkte Wand malte. Oben im Hause krähte Tillmann. Obwohl die Batterie von leeren Flaschen, die sich unter dem großen Küchentisch versammelt hatten, nicht gerade ein ermutigender Anblick war, erfüllte Marie die Erinnerung an den vergangenen

Abend noch einmal kurz mit Wohlgefühl. Sie hatte sich lange nicht mehr so jung gefühlt. In Flensburg gab es irgendwie eine Menge netter Leute.

Sie griff nach ihrer Handtasche, die auf dem Kühlschrank an einer leeren Olivenöl-Weinflasche lehnte, und fand endlich das Handy. Es war abgeschaltet. Karsten Scholz hatte mehrere Nachrichten für sie hinterlassen, unter anderem die, dass er am Samstag, also heute, ab Mittag zu erreichen sei. Vorher sei er »in einer Familienangelegenheit« unterwegs.

»Der Großeinkauf«, murmelte Marie und schlich die Treppen wieder hoch ins Schlafzimmer.

»Was gibt's? Ruft die Arbeit?« Tomkin verfügte über die Eigenschaft, im Halbschlaf schon ganze Sätze sprechen zu können.

»So ähnlich. Ich hab gestern wohl versehentlich das Handy ausgeschaltet. Karsten hat den ganzen Abend versucht, mich anzurufen. Jetzt ist er nicht zu erreichen.«

»Prima. Du lernst dazu«, brummte Tomkin. »Jedenfalls dein Unterbewusstsein lernt dazu.« Dann wurde sein Atem wieder regelmäßig und tief.

Kapitel 14

»Zu dunkel«, murmelte Inga und verzog ihren Kussmund zu einem breiten Froschmaul. Sie presste die Lippen aufeinander, ließ sie wieder aufspringen und betrachtete im Spiegel aufmerksam die Wirkung des Lippenstifts von Shiseido. Es war die Nummer elf, achtunddreißig Mark sollte sie kosten. Ihre Finger wanderten weiter bis zu Nummer dreizehn, ein helles Lachsrot, gar nicht ihre Farbe. Aber heute vielleicht gerade richtig. Sie wischte heftig mit einem Kleenextüchlein über ihre Lippen, immer wieder, bis sie brannten und das Blut in ihnen pulsierte.

»Kann ich Ihnen helfen?«

Wie gern hätte Inga allen Verkäuferinnen dieser Welt klar gemacht, dass sie es nicht schätzte, beraten zu werden. Aber gesagt hatte sie das noch keiner. Auch jetzt schüttelte sie nur rasch den Kopf und murmelte etwas wie: »Danke, ich will nur mal schauen.« Warum nur konnte sie nie Nein sagen, wenn eine Verkäuferin ihr etwas aufzuschwatzen versuchte? Lieber kaufte sie Sachen, die sie gar nicht haben wollte, als sich erfolgreich zu wehren. Oder lief Hals über Kopf aus dem Laden, wenn sie sah, dass eine dieser Frauen mit selbstbewusstem Blick auf sie zukam. Zum Glück zog diese sich ohne weitere Zudringlichkeiten diskret wieder zurück. Je teurer der Laden, desto zurückhaltender waren die Verkäuferinnen.

Das Lachsrot leuchtete wie eine frische Narbe in ihrem Gesicht. Nicht schlecht. Derselbe Farbton von Estée Lauder gefiel ihr noch besser. Genau richtig für diesen Tag. Ein Tag der Aufklärung. Eigentlich war jeder Tag ein Tag der Aufklärung, seitdem sie *ihn* gefunden hatte. Aber dieser Tag war etwas ganz Besonderes.

Inga stellte den Lippenstift zurück zu den Probestiften und nahm sich ein versiegeltes Exemplar mit derselben Nummer aus dem Regal. Während sie in der Kassenschlange wartete, prüfte sie noch mal ihr Aussehen in den verspiegelten Wänden. Klein und rund wie sie war, sah sie in ihrem Popelinmantel aus wie eine kleine Säule. Sein Schnitt war so unauffällig, dass er mit etlichen Mänteln dieser Art verwechselt werden konnte. Vom Seidenschal, flaschengrün mit lachsrotem Blütenmuster, das die Wirkung des Lippenstifts gut unterstützte, lugte nur ein kleines Dreieck im Ausschnitt über das Grau in Grau. Ihr Gesicht, etwas verquollen, aber mit wachsamem Blick, wie immer, sah zu jung aus für eine Fünfzigjährige. Fluch ihrer Jugend, war sie jetzt ganz froh darüber. Mit der lachsroten Narbe und den frisch gefärbten kurzen Haaren sah sie aus wie Ende dreißig. Man musste schon sehr genau hinschauen, um die Fältchen um die Augen und Mundwinkel zu erspähen.

Sie zahlte mit ihrer Kreditkarte und trat mit kurzen, raschen Schritten auf den Holm, wo sich trotz des bedeckten Himmels Touristenscharen an den Geschäften und Kaufhäusern vorbeischoben. Die Flensburger Einkaufsmeile war lang, in jedem der schmalen Kaufmannshäuser befand sich ein Ladenlokal. Für die Dänen aus Sønderjylland war Flensburg die größte Einkaufsstadt in ihrer näheren Umgebung. Aabenraa und Sønderborg hatten nicht so viele Läden zu bieten. Das deutsche Angebot war offenbar attraktiver. Trotzdem interessant, hin und wieder mal nach Hamburg zu fahren. Genau so, wie sie es der Kommissarin gestern gesagt hatte.

Inga klemmte ihre Handtasche fest unter die Achsel – vor Taschendieben wurde gewarnt – und trippelte mit kurzen Schritten in der Mitte der Fußgängerzone Richtung Süden. Hier am Ende der Meile wurden die Läden billiger und ramschiger. Die Verkäufer stellten ihre Lockangebote mitten in den Weg: Sonnenbrillen, Handy-Taschen, billiger Schmuck, Postkarten, Sonnenmilch, Badesachen, Spielzeug.

Kurz bevor sich der Holm auf den Südermarkt öffnete, verlangsamte sie ihren Schritt. Ein Gemüsemarkt war aufgebaut auf dem Platz vor der Nikolai-Kirche, von der es gerade ein Uhr schlug. Viele Leute drängten sich zwischen den Buden und

Tischen, noch mehr hasteten außen vorbei, um ihre letzten Wochenendeinkäufe zu erledigen, ehe die Läden schlossen. Inga wanderte an der äußersten Budenreihe entlang, sorgsam darauf achtend, dass ihr Mantel nicht an einem der Holztische hängen blieb und schmutzig wurde. Gartenblumen, Kräuter, nach Erde duftende Möhren, Kirschen … Aber Inga kaufte nichts, schlenderte nur von Stand zu Stand, immer weiter in Richtung der Klosterbäckerei.

Er war schon da. Sie erkannte ihn sofort. Ein kleiner schlanker Mann Mitte fünfzig mit vollem, noch sehr blondem Haar. Er trug Seglerkleidung, Jeans und Seemannstroyer. Unter den Arm hatte er ein *Flensburger Tageblatt* geklemmt. Er ließ die Augen unruhig über die Leute schweifen. Er suchte sie, aber das konnte er ja nicht ahnen.

Inga blieb mit etwa acht Metern Abstand ihm gegenüber stehen. Ein nie abreißender Menschenstrom trennte sie von Jens Knudsen. Sie hatte ihn auch nach mehr als zwanzig Jahren sofort erkannt. Aber er sah sie nicht. Natürlich erwartete er nicht, ausgerechnet sie hier anzutreffen, aber er hätte sie vermutlich selbst dann nicht erkannt, wenn er sie tatsächlich hier erwartet hätte. Sie war zu unwichtig gewesen in seinem Leben. Und er so wichtig für sie. Genau wie für Elsa. Damit war er doppelt wichtig geworden in ihrem, Ingas, kleinen unspektakulären Lehrerinnenleben.

Entschlossen schob sie sich durch den Strom der Fußgänger, so wie sie es in der Schule in der großen Pause zu tun pflegte, wenn sie sich durch die Schülermassen zum Lehrerzimmer bewegte. Schulter voran, bestimmt, aber nicht mit Gewalt ihren Weg ertrotzend. Etwa vier Schritte vor Knudsen blieb sie stehen. Aus der Nähe sah er nicht mehr ganz so jung aus. Seine Lippen waren blasser als früher, seine Haut wirkte grau, er war nicht besonders sorgfältig rasiert. Das ging auf ihr Konto, der Arme hatte sich ja am Morgen Hals über Kopf auf die Autobahn stürzen müssen.

Sein Blick ging weit über ihren Kopf hinweg. Inga trat noch einen Schritt näher heran. So nah, dass sich kein Kunde aus der

Bäckerei oder Passant zwischen sie hätte schieben können. Sie stand fast direkt vor ihm und starrte ihn an.

Aber er bemerkte sie immer noch nicht, schaute nur nervös auf seine Armbanduhr und wechselte die Zeitung von einem Arm unter den anderen. Er sah einfach über sie hinweg.

Inga zögerte. Sollte sie ihn ansprechen, sich ihm vorstellen? »Hallo, Jens, hier bin ich, kennst du mich nicht mehr? Die Inga aus Aabenraa?« Oder: »Die Inga aus Kiel, damals, als du deine Elsa heimgeführt hast?« Wie sollte sie sich ihm ins Gedächtnis rufen, wenn er nicht die leiseste Erinnerung an sie bewahrt hatte? Warum nur hatte sie diesen faden Mantel gewählt, was hatte sie denn zu fürchten? Er konnte ihr doch gar nichts mehr tun. Sie wollte sich immer noch vor ihm verstecken. Und gleichzeitig wollte sie, dass er sie fand.

Einen kurzen Augenblick lang verspürte Inga Wut. Dann Panik. Wenn er nun einfach davonlief? Nur nicht den Überblick verlieren. Nerven behalten. Nicht ungeduldig werden. Sie würde die Lage schon meistern. Sie brauchte keine Angst mehr vor ihm zu haben. Sie brauchte nicht den Schutz der Menge. Sie würde ihn irgendwo erwischen, wo er ihr nicht weglaufen konnte. Irgendwo ganz allein.

Jetzt sah Knudsen zu ihr herüber. Er sah sie endlich an. Einen Augenblick lang schien er etwas in ihrem Gesicht zu entdecken, eine Erinnerung flackerte vielleicht in ihm auf, die er dann irritiert verwarf. Missmut kräuselte seine Lippen. Er nickte abwesend und ließ den Blick wieder über die Passanten schweifen.

Er hatte sie einfach vergessen. Wie praktisch für ihn. Wie einfach. Inga lächelte ein wenig und schob sich ganz dicht an ihm vorbei in die Bäckerei. Sie stellte sich in die Schlange vor dem Kuchentresen und ließ immer wieder andere vor, um nicht selbst dranzukommen. Endlich setzte Knudsen sich in Bewegung. Inga huschte aus dem Laden.

Knudsen ging gemächlich den Holm hinab bis zur Nikolaistraße. Dort drehte er sich plötzlich um und starrte hinter sich. Er schien noch immer zu hoffen, denjenigen zu finden, der ihn hierher gelotst hatte. Er sah gereizt aus, dann plötzlich riss sein Gesicht auf zu einem gequälten Lächeln. Er grüßte und ging mit ausgestreckter Hand auf eine junge Frau zu.

Inga blieb vor den Schaufenstern eines Modehauses stehen. In einem Spiegelstreifen neben der Tür prüfte sie ihr Make-up. Das Lachsrot war ein wenig verblasst. Sie nestelte in ihrer Handtasche nach dem neuen Lippenstift. Im Spiegel konnte sie Knudsen mit der jungen Frau reden sehen. Vielleicht eine Studentin, eine Schülerin oder irgendeine Bekannte. Wie sie den Mann anhimmelte. Und wie er sich anhimmeln ließ.

Genauso hatte es vermutlich auch mit ihm und Elsa angefangen, damals im Strandbad Solitüde an der Förde. Elsa hatte mit jedem Mann geflirtet, egal ob er ihr gefiel oder nicht. »Wir Frauen müssen flirten«, hatte sie erklärt. »Damit man uns nichts tut. Das ist unsere Spielart, sich der Überlegenheit zu versichern. Auch du flirtest ständig, Inga, du merkst es nur nicht.«

Inga war sich ganz sicher, dass sie nie flirtete. Sie hasste dieses affige Getue. Sie sprach mit allen Menschen gleich: sachlich, ehrlich, kühl. Und im Übrigen hielt sie sowieso nicht viel von großen Worten. Selbst im Unterricht schaffte sie es, ausgesprochen wenig zu reden. Während andere Lehrer sich heiser quatschten, Logopäden aufsuchen mussten, sich gegenseitig Hals-Nasen-Ohren-Ärzte empfahlen, stand sie in Ruhe vor ihrer Klasse und brachte die Schülerinnen und Schüler zum Reden. *Die* sollten doch etwas lernen. *Die* sollten sich produzieren, nicht sie, die Lehrerin. Sie ließ sie vorlesen, diskutieren, zusammenfassen, nacherzählen, strukturieren, vortragen, auch deklamieren und auswendig lernen. »Ich glaube, du hypnotisierst die Schüler«, hatte Elsa mal ein bisschen neidisch gesagt, »dass sie dir so folgen. Wie machst du das bloß?« Elsa hatte ihre Lehrerausbildung abgebrochen. Nicht, weil sie diesen Mann heiraten und sich von ihm versorgen lassen wollte, sondern weil sie einfach keine gute Pädagogin war. Sie hatte keine Nerven für den Schulunterricht. Inga brauchte keine Nerven in der Schule. Sie hatte nie Disziplinschwierigkeiten.

Nun umarmten Knudsen und die junge Frau sich kurz. Eine freundschaftliche Geste. Als der Professor sich dann endlich wieder in Bewegung setzte, nahm Inga erneut die Verfolgung auf, was gar nicht so leicht war, da er plötzlich ein ziemliches Tempo vorlegte. Inga hatte Mühe, mit seinen ausladenden Schritten mitzuhalten. Irgendwie wirkte er jetzt beschwingt. Vielleicht hatte er seinen Ärger darüber, versetzt worden zu sein, weitererzählt und fühlte sich nun erleichtert. Oder er war einfach froh, die junge Dame getroffen zu haben, und sagte sich, dass der irreführende Anruf so doch noch einen Sinn bekommen hätte. Er hatte sowieso einen Sinn, auch wenn Knudsen das nicht ahnen konnte. Die meisten Menschen waren so ungeduldig. Manchmal brauchte das Schicksal eben etwas länger, bis es sich erfüllte.

Knudsen war die Nikolaistraße hinuntergegangen und überquerte Süderhofenden an der Ampelanlage hinter dem ZOB. Er steuerte direkt auf den großen Parkplatz zu und öffnete per Fernsteuerung die Türverriegelung eines dunklen Mercedes älterer Bauart. Die Leuchten des Wagens blinkten einmal kurz auf, als wollte das Fahrzeug seinen Fahrer begrüßen. Inga sah zu, wie Knudsen einen kleinen Karton und eine Reisetasche auslud. Er klappte den Kofferraum wieder zu und marschierte mit seinem Gepäck Richtung Hafenspitze. An der Treppe, die zum Wasser hinabführte wie in ein Schwimmbecken, blieb er einen Moment lang stehen und ließ seinen Blick über die Förde wandern. Im Gastseglerhafen lag Yacht an Yacht. Der Salondampfer *Alexandra* fuhr gerade Dampf ablassend ins Hafenbecken ein und ließ heiser dreimal seine Pfeife tuten. Ein paar dunkle Regenwolken dräuten über dem Wasser, dazwischen kam immer wieder das Himmelsblau zum Vorschein. Zum Mittag hin würde es drückend werden und am Abend sicher regnen. Dieser feine, staubartige Regen, der in Flensburg so gern die runden Pflastersteine nässte und rutschig machte.

Knudsen ging weiter, Inga ließ ihn nicht aus den Augen. Sie wartete, bis er die Preise des Fischimbisses studiert hatte, dann hängte sie sich wieder an seine Fersen. Kurz vor dem Ballastkai bog Knudsen auf den letzten Bootssteg ab und verschwand zwischen den Yachten. Wollte er etwa segeln gehen? Seine Kleidung würde zumindest dazu passen. Und wenn sie sich recht erinnerte, war er schon als Jugendlicher ein begeisterter Segler gewesen. Inga setzte sich auf die Stufen vor dem Eingang zum Yachtclub. Welches mochte sein Boot sein? Eines der schnellen schnittigen Rennboote, wie sie Seite an Seite im Wasser schaukelten? Die protzige Sechszehn-Meter-Yacht ganz am Ende des Stegs? Oder der schöne alte Motorsegler auf der rechten Seite, ein schweres Eisenschiff mit Kajütenaufbau, jedem Wind und Wetter gewachsen? Da tauchte der Professor wieder auf. Den Karton hatte er nicht mehr dabei, dafür trug er zwei leere Wasserkanister, die er am Ende des Stegs abstellte. Ohne Inga Beachtung zu schenken bog er wieder auf den Weg Richtung Hafenspitze ein und verschwand im *Café Bellevue*.

Inga überlegte. Ein Café wäre nicht schlecht, andererseits konnte er dort einfach aufstehen und gehen, wenn ihm das, was sie ihm zu sagen hatte, nicht passte. Ein Boot auf offener See wäre besser geeignet. Ein Boot wäre perfekt.

Langsam stand sie auf und schlenderte über den Steg. Auf einem mittelgroßen Boot ganz am Ende war die Persenning zurückgeschlagen und alle Luken zum Lüften geöffnet. Der Karton, den Knudsen unter dem Arm gehabt hatte, stand auf den Sitzen im Heck. Aber auch ohne den Karton war kein Zweifel darüber möglich, um wessen Boot es sich handelte. In geschwungenen Lettern prangte am Bug der Name *Elsa*.

Kapitel 15

»Maas, mit einfach S – Martha, Anton, Anton, Siegfried«, erklärte Marie.

»Nicht verwandt und nicht verschwägert mit Tante Maaß?« Kripokommissar Ludwig lächelte, während er Maries Namen notierte. Er hatte wohl ein schlechtes Gedächtnis.

»Mit wem bitte?«

»Tante Maaß, aber die wird mit Eszet geschrieben, nach alter Rechtschreibung jedenfalls. Da sind sie sich bei der Zeitung hier aber nicht ganz einig, hin und wieder schreiben sie sie auch mal mit Doppel-S. ›Tante Maaß‹ ist eine Zeitungskolumne, jeden Tag im Flensburger Tageblatt.« Ludwig räusperte sich und schaute auf seinen Zettel. »Hauptkommissarin Maas aus Hamburg. Wir haben ja vorgestern schon miteinander telefoniert.«

»Richtig.«

»Ganz schöner Schlamassel, das mit Ihrem Auto. Oberpeinlich. Ist natürlich gleich in die Fahndung gegangen, Schengenweit. Aber was hilft das schon. Entweder haben die Ganoven den Wagen ins Hafenbecken gefahren, oder er ist längst umfrisiert und wer weiß wo. Über Dänemark, Schweden, Finnland läuft jetzt die Connection nach Russland, Estland, Lettland. Da hilft Schengen uns auch nicht weiter.«

»Ist mir klar.«

»Wir würden zu gern mal ein paar Autowerkstätten da drüben ausheben. In Apenrade zum Beispiel, in Kolding, auch in Århus ist so ein Laden, den wir im Auge haben. Aber die Dänen sind stur. Und allein sind uns ja die Hände gebunden.«

»Und mit Amtshilfe?«

Der Flensburger Kollege zog die Schultern hoch. »Das ist alles sehr, sehr heikel hier oben. Ein Rechtshilfeersuchen dauert mindestens ein Jahr. Man kann das auch irgendwie verstehen. Nach allem, was gewesen ist. Aber es nervt halt.«

»Kann ich mir vorstellen.«

»Und wie weit sind Sie inzwischen mit Ihrem Fall gekommen? Ich habe mal ein bisschen rumgehorcht. Der alte Hoppe, der Vater der Toten, lebt ja noch hier. Wrangelstraße, nicht wahr?«

»Ich war schon dort«, sagte Marie. »Aber er konnte mir nicht weiterhelfen. Die beiden hatten schon lange keinen Kontakt mehr zueinander.«

»Haben Sie mal von dem Fall Heyde/Sawade gehört?«

Marie schüttelte den Kopf.

»Professor Doktor Werner Heyde war im Dritten Reich in führender Position als Nervenarzt für das Euthanasieprogramm der Nazis zuständig. Er war deren so genannter Obergutachter. Mehr als 80 000 Menschen wurden auf seine Anweisung hin ermordet. Patienten. Nach dem Krieg hat er sich hier oben unter dem Pseudonym Dr. med. Fritz Sawade versteckt und als Sachverständiger auf dem Gebiet der Psychiatrie eine neue Karriere beginnen können.«

»Das ist doch nicht möglich.«

»Er war durchaus nicht der Einzige, dem das hier gelungen ist.«

»Aber nach den Leuten hat man doch gefahndet.«

Ludwig zuckte die Achseln. »Wenn sie es schafften, eine gute Tarnung zu bekommen, hat man sie aber nicht gekriegt. Natürlich gab es einen Haftbefehl gegen Heyde. Gefasst wurde er jedoch erst 1959. Das heißt, er hat sich selbst gestellt. Und selbst gerichtet, noch ehe die Verhandlung gegen ihn eröffnet werden konnte.«

»Und was hat das mit meinem Fall zu tun?«

»Der alte Richter Hoppe soll irgendwie involviert gewesen sein. Man konnte ihm bloß nie was nachweisen. Aber es gab so Gerüchte. Nachdem ein Journalist wegen übler Nachrede verurteilt wurde, weil er behauptet hatte, der schleswig-holsteinische Ministerpräsident Kai-Uwe von Hassel und andere hätten

Heyde/Sawades Identität gekannt und nichts unternommen, hat sich niemand mehr getraut, in der Sache herumzustochern.«

»Sie meinen, dass Elsa Knudsen-Hoppe sich womöglich deshalb von ihrem Vater abgewandt hat?«

Ludwig zuckte die Achseln. »Wäre doch möglich. Oder Professor Knudsen wollte mit dem Alten nichts zu tun haben. So als Däne ... Wer weiß, vielleicht hat diese alte Geschichte irgendwas mit Ihrem Fall zu tun. Ich würde mir den alten Herrn noch mal vornehmen, wenn ich Sie wäre.«

Marie starrte einen Augenblick aus dem Fenster und versuchte sich vorzustellen, wie es wohl auf die junge Elsa Hoppe gewirkt haben mochte, als sie eines Tages erfuhr, dass ihr Vater einem Massenmörder des Naziregimes geholfen hatte, sich seiner Strafe zu entziehen. Sie versuchte, sich die Zeit um 1968 ins Gedächtnis zu rufen. Sie war damals noch zur Schule gegangen und hatte zusammen mit älteren Freunden zum ersten Mal an einer Demonstration gegen den Vietnamkrieg teilgenommen. Man trug Parkas und Jeans, Palästinensertücher und lange Haare und entdeckte plötzlich in entscheidenden Ämtern in der Bundesrepublik überall alte Nazi-Bonzen. Es war die Zeit des Kalten Krieges. Die APO lief Sturm gegen die Verabschiedung der Notstandsgesetze. Dann wurde Benno Ohnesorg erschossen. Damals hatte Elsa doch gar keine andere Wahl gehabt, als sich ganz von ihrem Vater loszusagen. Sich mit ihm auseinander zu setzen, dafür war es einfach noch viel zu früh. Sie konnte ihn nur verdammen. Und genau das hatte sie mit ihrer Doktorarbeit dann ja auch getan.

»Ich weiß nicht. Ich kann es mir nicht vorstellen«, sagte Marie endlich. »Es dürfte nicht leicht sein, mit so einer Geschichte in der Familie umzugehen, da haben Sie sicher Recht. Aber warum musste die Tochter sterben? Bis jetzt weiß ich leider viel zu wenig über sie. Und in Flensburg habe ich bisher auch noch niemanden gefunden, der mir etwas mehr über sie erzählen könnte. Bis auf eine alte Studienfreundin, die angeblich seit über zwanzig

Jahren keinen Kontakt mehr zu ihr hatte. Sie ist Lehrerin hier am dänischen Gymnasium.«

Der Kommissar tippte etwas in seinen Computer. Der Bildschirm auf seinem Schreibtisch zeigte das Menü mit den polizeilichen Hilfsdiensten und Suchsystemen. Ludwig sah Marie fragend an. »Wie heißt sie denn?«

»Inga Blatt.«

Ludwig gab den Namen ein und klickte sich durch seine Menüs. »Blatt mit Doppel-Theodor? Nee, über die haben wir nichts vorliegen.«

»Interessanterweise war sie am Tag des Mordes in Hamburg. Aber das reicht natürlich nicht für einen Tatverdacht.«

»Sollte man vielleicht mal beobachten, die Dame.«

»In Apenrade?«

Ludwig wiegte den Kopf. »Lieber nicht. Ich könnte natürlich was arrangieren.«

Marie winkte ab. »Immerhin scheint sie sich des öfteren in Flensburg aufzuhalten. Zum Einkaufen.«

»Vielleicht hat sie wenigstens Schulden«, schlug Ludwig vor. »Ist bei der Toten was abhanden gekommen?«

»Nur ein neuer Laptop.«

»Kein Geld?«

»Soweit wir wissen nicht.«

»Ohaueha«, sagte Ludwig. »Was 'n Aggewars, wie meine Großtante zu sagen pflegte. Um den Fall beneide ich Sie nicht.«

Kapitel 16

Der Brunnen plätscherte und die Vögel machten einen Heidenlärm, als Tomkin gegen eins die brüchigen Treppenstufen des alten Herrenhauses hinab in den Hof stieg. Das Laub der Kastanien warf bewegte Schatten auf das alte Gemäuer, und die Sonne brachte die dunkelblauen und karminroten Scheiben der Bleiglasfenster im mittleren Treppenhausaufgang zum Glühen. Kleine, vorzeitig abgefallene Kastanienkugeln zerplatzten unter seinen Sohlen.

Von der Wohngemeinschaft war niemand mehr zu Hause. Alle ausgeflogen. Marie war noch da gewesen, als er zwischendurch aufgewacht war. Als er schließlich endgültig ausgeschlafen hatte, hatte sie nicht nur das Bett, sondern auch das Haus schon verlassen. Vermutlich war sie bei ihren Kollegen auf dem Revier. Sie dort abzuholen hatte Tomkin keine Lust. Lieber würde er erst mal irgendwo anständig frühstücken.

Er spazierte über den kleinen, rechtwinkligen Platz vor dem Margarethenhof, der wie ein richtiger Schlossvorplatz von gleichmäßig gestalteten niedrigen Häuschen umstanden war. Auf der rechten Seite wurde gerade ein Neubau in eine letzte Lücke eingepasst. Im Nachbarhaus pries ein Schild über dem ersten Stock Eigentumswohnungen zum Verkauf an, siebenundachtzig Quadratmeter, Erstbezug. Und das Ganze zu einem sehr günstigen Preis. Ein verlockendes Angebot. In London wäre eine entsprechende Wohnung für einen wie ihn unbezahlbar. Selbst mit Maries Gehalt und seinen unsicheren Einkünften als Schriftsteller zusammen würden sie so etwas niemals finanzieren können. Aber in Flensburg war es machbar. Direkt in der Innenstadt, hundert Schritte von der Ostseeförde entfernt, ebenso weit zu der belebten Einkaufsmeile, zum Theater, zu Cafés und Geschäften, und trotzdem ruhig und heimelig an einem ästhetisch schönen Platz gelegen, vis-à-vis einem altertümlichen Lustschlösschen –

man müsste ja verrückt sein, wenn man so nicht wohnen wollte. Die Idee war nicht schlecht, eigentlich sogar ziemlich gut. Marie wollte nicht nach England ziehen, okay, das war verständlich. Sie war eine deutsche Beamtin, sie hatte nichts anderes gelernt. In England wäre sie arbeitslos. Vielleicht könnte sie Kurse geben, Deutschkurse. Oder als Privatdetektivin arbeiten. Unmögliche Vorstellung. Sie war nicht der Typ für solche Abenteuer. Er jedoch war genauso wenig bereit, nach Hamburg zu ziehen. Schon aus Prinzip. Hamburg war Maries Stadt, er würde immer der Zugezogene bleiben. Das passte ihm nicht. Lieber gab er ein Vermögen für Transportmittel aus, Flugzeug, Schiff oder Auto, ganz egal. Sie hatten es sich so ausgesucht. Es gab genug Männer und Frauen in Hamburg und in London, sie hätten nicht ausgerechnet sich gegenseitig herauspicken müssen, damals in diesem Nachtzug von Nîmes nach Paris. Sie hatten sich gesucht und gefunden. Mit allem Drin und Dran.

Die Sonne verschwand plötzlich hinter einer Wolke und Tomkin beeilte sich, den Hafendamm zu überqueren, um an die Hafenspitze zu gelangen. Dort hatte er gestern im Vorbeifahren ein hübsches Café gesehen. *Café Bellevue* oder so ähnlich. Jedenfalls etwas Schickes, etwas, das ihn an Hamburg erinnerte. Eine Art Restaurant, in das Marie bestimmt nicht gerne gehen würde, weil es nach Hamburger Pfeffersäcken aussah. Er überquerte den großen Parkplatz, wo früher einmal die Bahngleise der legendären England-Eisenbahn geendet hatten. Dies jedenfalls erläuterte eine ausführliche Schrifttafel, die Tomkin lange studierte. Mit dieser Bahnlinie von Husum nach Flensburg hatten die Schleswig-Holsteiner im 19. Jahrhundert den Englandhandel sicherer und kostengünstiger gemacht und Flensburgs Hafen noch einmal einen Aufschwung verschafft. Hunderte von Schiffen lagen im Skagerrak und Kattegat oder zwischen den Inseln und Felsenriffen der zerklüfteten dänischen Küste begraben, verunglückt auf ihrem Weg von der Nord- in die Ostsee. Die Eisenbahn hatte Abhilfe schaffen sollen, indem sie die Waren in Husum in Empfang nahm, fünfzig Kilometer über Land schaffte und in Flensburg wieder auf Schiffe Richtung Schweden, Finnland, Estland, Russland verfrachtete. Einen Augenblick lang stellte sich Tomkin die Kohlenloren vor, wie sie ihre Fracht auf die Dampfer kippten, die im Hafenbecken auf die Ankunft der Eisenbahn warteten. Was für ein Aufwand, was für ein Schmutz. Dann schlenderte er weiter auf das Aussichtslokal zu, das er gesucht hatte. Auf einem Ponton waren unter Sonnenschirmen dicht an dicht Tische und Stühle aufgebaut. Dazwischen standen Gasöfen für die kältere Jahreszeit. In der Mitte befand sich ein Tresen, wind- und wetterfest verglast. Kein Mensch saß in diesem Wassergarten. Umso dichter besetzt waren die Tische in dem zugehörigen Cafégebäude am Ufer. Drinnen und draußen saßen Gäste aller Alters- und Preisklassen, ließen sich die Mittagssonne ins Gesicht scheinen und tranken Milchkaffee oder Cappuccino, Bier, Wein oder Wasser. Die älteren Herrschaften ließen sich bereits das Mittagessen schmecken. Es roch appetitlich nach gebratenem Fisch, Krabben und Grillkoteletts.

»Darf ich mich dazusetzen?«, fragte Tomkin einen einzeln sitzenden Herrn, nachdem er verschiedene mäßig besetzte Tische gemustert hatte. Einen ganz freien Tisch schien es zurzeit nicht zu geben.

Der mittelalte Typ im dunkelblauen Seemannstroyer, vor dem ein frisch gezapftes Bier stand, musterte ihn aufmerksam, als ließe er nur gründlich geprüfte Leute in seine Nähe. Ehe er nicken konnte, rückte Tomkin als Zeichen der Inbesitznahme den Stuhl ein wenig zurecht und setzte sich. »Das bisschen Sonne haben wir uns gründlich verdient«, eröffnete er dann die Konversation. Tomkin hielt Gespräche über das Wetter in der Regel zwar für das Einfallsloseste, was es an Kommunikation zwischen zwei Menschen geben konnte, aber diese kleine Bemerkung konnte er sich trotzdem nicht verkneifen. Zumal er bereits bemerkt zu haben glaubte, dass man hier in Flensburg eine Ansprache unter Fremden nicht so sehr als Zumutung zu empfinden schien wie in Hamburg. »Der letzte Sommer war ja wieder total verregnet.«

Der Herr an seinem Tisch starrte ihn an. Er sah irgendwie verschreckt aus, und ein bisschen übernächtigt. Die Augen lagen tief in ihren Höhlen, das Kinn war unrasiert.

»Sie sind Segler?«, fuhr Tomkin fort, um das Schweigen zu brechen. »Es gibt so viele schöne Segelboote hier in Flensburg.«

Der Typ öffnete ein wenig den Mund, schloss ihn wieder. Dann nahm er einen großen Schluck Bier. »Woher kennen wir uns?«, fragte er schließlich. Seine Stimme war auch nicht ganz in Ordnung. Rau, fast heiser.

»Wir kennen uns?«, fragte Tomkin überrascht zurück. »Tatsächlich? Ich wüsste gar nicht, woher.«

»Sind Sie Engländer?«

»Das hört man wohl. Ja, ich komme aus London.«

»Aus London …«

»Waren Sie schon mal dort?«

»Und was wollen Sie von mir?«

Tomkin erschrak. »Ich? Gar nichts.«

»Was kann ich Ihnen bringen?« Die Kellnerin war an ihren Tisch getreten, einen Notizblock in der Hand.

»Dasselbe«, sagte Tomkin und zeigte auf das Bierglas. »Ein Bier, bitte.«

Der Fremde beugte sich vor und legte seine Hände zusammen, wie über eine imaginäre Kuppel. »Kann es nicht sein, dass wir heute Morgen miteinander telefoniert haben?«

Tomkin überlegte. Hatte er heute schon mit irgendjemandem telefoniert? Er vergaß manchmal wichtige Dinge, vor allem, wenn er nachts lange am Schreibtisch gesessen hatte. Aber er hatte gestern Nacht überhaupt nicht gearbeitet. Er hatte allerdings ziemlich viel getrunken. »Ich glaube nicht«, antwortete er stirnrunzelnd.

»Aber wir kennen uns, ja?«

Tomkin lächelte unsicher. »Wer weiß, ja doch, vielleicht haben wir uns schon mal irgendwo gesehen.«

»Das überlege ich gerade. Sie segeln also auch?«

»Ich?«, rief Tomkin erschrocken. »Nein, noch nie. Ich würde

gern mal auf einem Segelboot mitfahren, aber bisher, nein, leider noch nie.«

»Dann komme ich wohl wie gerufen«, meinte der andere.

Tomkin zuckte die Achseln. Was mochte der Kerl bloß meinen? Er hatte ihn ja nur für einen Segler gehalten, weil da draußen die vielen Segelschiffe lagen. Und weil er halt aussah wie ein Seemann, der die Nacht auf einem Schiff gepennt hatte.

»Wenn Sie so wollen …«, sagte er vage.

»Wenn *Sie* wollen, können Sie ein Stück mitsegeln. Sie haben mir ja ein Angebot gemacht.«

Tomkin überlegte. In Deutschland beteiligte man sich gern an den Benzinkosten, wenn einen jemand im Auto mitnahm. In England galt so etwas als ziemlich unhöflich. Niemand erwartete es. Was für ein Angebot mochte der Mann sonst meinen? Am einfachsten, er bezahlte ihm sein Bier. Und dann mal weitersehen.

Als die Kellnerin kam und sein Flensburger brachte, bezahlte er die Runde und nahm einen großen Schluck. Ihm fiel ein, dass er eigentlich hatte frühstücken wollen.

»Also gehen wir?«, fragte der Fremde.

»Wohin?«

»Auf mein Boot.«

Tomkin gab sich einen Ruck. Irgendetwas war hier komisch, aber vielleicht lag es an ihm.

»Also gut, warum nicht? Ich trinke nur mein Bier aus.«

Der Restalkohol vom Vorabend tat seine Wirkung. Dunkel stieg der Gedanke in ihm auf, dass er Marie Bescheid geben sollte, wohin er ging. Aber schließlich war sie es gewesen, die sich am frühen Morgen ohne Ansage aus dem Staub gemacht hatte. Wer weiß, wie lange sie mit ihren Kollegen quatschte. Vermutlich würde sie dort zum Mittagessen eingeladen werden. Er sah sich schon den halben Nachmittag auf den Stufen des Margarethenhofs hocken und auf sie warten. Genauso gut konnte er eine kleine Runde auf einem Segler auf der Förde machen.

»Okay«, sagte er gut gelaunt. »Gehen wir.«

Kapitel 17

Ein dicker Dampfer, ein Eisbrecher mit mächtigem schwarzgelbem Schornstein, lief gerade im Hafen ein, als Marie das Polizeirevier verließ und die mehrspurige Straße überquerte, die sich durch die ganze Stadt an der Förde entlangschlängelte und den Verkehr von den mehr oder weniger steilen Hangstraßen der Innenstadt fern hielt. Der Eisbrecher legte hinter dem Salondampfer *Alexandra* am Kai an und wurde gut vertaut. »Dampf-rundum« stand auf den Plakaten zu lesen, die rund um das Hafenbecken angeschlagen waren. Das größte europäische Dampfschifftreffen, es sollte hier am nächsten Wochenende beginnen.

Mit einem richtigen Dampfer war Marie noch nie gefahren. Jedenfalls nicht bewusst, überlegte sie, während sie am Kai spazieren ging.

»Da bist du ja«, rief Britta und sprang von ihrem Fahrrad. »Guckst du dir unsere Zuckerbäckerstadt mal von dieser Seite an?«

»Ich finde die Ansicht von hier aus wirklich sehr hübsch«, sagte Marie. Sie hatte schon begriffen, dass die Journalistin nicht besonders patriotisch gesonnen war. Britta war das alles zu niedlich, was man als Touristin oder Neuankömmling einfach erst mal hübsch fand.

»›Dampf-rundum‹, so ein Käse. Ein Hafenfest jagt das nächste. Aber sollen die Bonzen ruhig ihre Dampfschiffe einheizen, wenn sie sonst keinen Spaß im Leben haben. Ich für meinen Teil würde das Geld allerdings lieber für ein paar gute Projekte ausgeben als dafür, dass die alten Gurken hier restauriert werden und einmal im Jahr über die Förde schippern. Wozu das alles? Die Dampfschifffahrt ist mit Mann und Maus untergegangen. Den Gestank müssen wir zum Glück nicht mehr aushalten. – Was haben deine Kollegen gesagt?«

»Ich habe halt Pech gehabt. Immerhin haben sie sich schallendes Gelächter verkniffen. Der Opel ist gleich in die Fahndung gegangen, aber die Chancen stehen natürlich schlecht. Vermutlich ist er schon lange über alle möglichen Grenzen gegangen, umgespritzt und mit weggefeilter Motornummer.«

»Und die Kollegen in Hamburg?«

»Muss ich noch anrufen. Dazu hatte ich bis jetzt nicht den Mut.«

»Na, dann gehen wir nach Hause. Ich habe auf dem Markt eine Menge guter Sachen eingekauft. Eine anständige Mahlzeit wird dich trösten. Außerdem habe ich per Zufall etwas Interessantes aufgetrieben. Hier, sieh dir das mal an.«

Marie nahm einen vergilbten DIN-A4-Hefter entgegen und schlug ihn im Gehen auf. »Hausarbeit zur Erlangung des Staatsexamens, vorgelegt von Inga Blatt, Universität Kiel, am 17. Juni 1980« stand auf der ersten Seite ganz unten. Es folgten Anschrift und Telefonnummer in Kiel.

»Ist ja nicht möglich. Wo hast du das denn her?«

»Verbindungen. Alle Abschlussarbeiten der Studierenden werden doch in der Bibliothek archiviert. Zufälligerweise arbeitet eine Bekannte von mir in Kiel in der Unibibliothek, die habe ich gestern noch angerufen. Und heute war das hier in meinem Postfach. Man muss eben immer überall seine Leute sitzen haben.«

»Lernt man das als Journalistin?«

Britta schmunzelte, während sie mit ihrem Fahrrad neben Marie herschob. Ihre Schritte waren doppelt so groß wie Maries, und ihre lange Mähne flatterte fröhlich im Wind. Wenn sie sich freute, schienen ihre Sommersprossen sich mit ihr zu freuen und doppelt so lustig zu leuchten in dem hübschen, schmalen Gesicht. »Lies mal den Titel, eine Seite weiter.«

Marie blätterte um, wobei sie den Hefter fester fassen musste, damit er ihr nicht aus der Hand wehte. An der Hafenspitze wurde gerade ein Lkw rangiert, ein Ungeheuer von einem Wagen, der laut Aufschrift ein Riesenrad enthielt. Schaulustige drängelten sich um den Platz, an dem sonst ein Fischimbiss mit ein paar Stühlen und Sonnenschirmen sein Revier für sich hatte.

»›Schuld und Unbehagen. Eine Untersuchung über die Aufarbeitung des Nationalsozialismus in den fünfziger Jahren und die Auswirkungen auf die grundständige Pädagogik‹«, las Marie murmelnd vor. »Das kommt mir irgendwie bekannt vor.«

»Nicht wahr? Hieß so ungefähr nicht auch die Doktorarbeit von Elsa Knudsen-Hoppe in Hamburg? Irgendwie ziemlich ähnlich, oder?«

Marie zog die Dissertation der Toten aus ihrer unergründlichen Umhängetasche und schlug den Titel auf. »›Schuldgefühl und Schuldkomplex‹«, las sie vor. »›Untersuchung über die Aufarbeitung des Nationalsozialismus in der Gesellschaft und in der Schule‹ – das ist ja fast wortwörtlich dasselbe.«

»Hatte ich auch so in Erinnerung«, meinte Britta und lehnte ihr Fahrrad an einen weißen Plastikstuhl vor dem Fischimbiss. »Wie wäre es mit einem Fischbrötchen? Ich habe totale Lust auf Hering, ich muss immer so viel fressen, wenn ich am Abend zu viel getrunken habe.«

Marie ließ sich mit dem Hefter und dem Buch an einem klebrigen Tischchen nieder und fing an zu blättern, während Britta sich anstellte, um bald darauf mit einem Krabbenbrot und einem Matjesbrötchen zurückzukommen.

»Ich dachte, du stehst sicher auf Nordseekrabben.«

»›Mit den Gedanken, die sich mit der undenkbaren, unmenschlichen Vergangenheit versuchen auseinander zu setzen, erfasst uns in allen Bereichen die ungeheure Macht und Dichtigkeit des Verschweigens‹«, antwortete Marie versunken und blätterte in der Dissertation. Sie musste nicht lange suchen, um denselben Satz wortwörtlich auch dort aufzufinden. »›Psychische Identität und Vergangenheitsbewältigung‹ … ›Einübung demokratischen Verhaltens durch Vorleben, Stil und Methode‹ … ›Mut zur Kritik und zur eigenen Meinung entwickeln‹ … ›Verantwortung für Unwissenheit übernehmen‹ … ›Kriegstagebücher‹ … ›Nie werde ich vergessen‹ .... ›Auschwitz‹ ... ›Die Maske zivilisierten Verhaltens‹ – Um Himmels willen, das ist ja von vorne bis hinten abgeschrieben!«

Britta biss herzhaft in ihr Matjesbrötchen und beugte sich kauend zu Marie herab. Ihre roten Locken fielen auf die verblassende Schrift auf den Seiten von Inga Blatts Examensarbeit. Sie fuhr quer mit dem Finger über die Zeilen des Inhaltsverzeichnisses, wie Marie es vor ihr getan hatte. Dann verglich sie Seite um Seite. Es stimmte jedes Wort.

»Das ist ja dreist. Und dann widmet die Knudsen-Hoppe ihrer Freundin auch noch ihre Dissertation, nachdem sie sie komplett von ihr abgeschrieben hat. Meinst du, Inga weiß davon?«

Marie zuckte die Achseln. »Wir werden sie fragen müssen.«

»Oh ja, fahren wir heute gleich noch mal hin.«

»Fahren ist gut«, sagte Marie trocken.

»Wir nehmen meinen Wagen, das ist doch kein Problem.«

»Aber wie kommt Inga Blatt auf dieses Thema? Sie ist doch Dänin. Und außerdem ein paar Jahre nach Kriegsende geboren, ungefähr mein Jahrgang.«

»Wie kommt Knudsen-Hoppe auf das Thema. Sie ist derselbe Jahrgang.«

»Na, bei dem Vater ist das kein Wunder.« Marie erzählte in knappen Worten, was Kommissar Ludwig ihr über die Affäre Heyde/Sawade berichtet hatte.

»Dann sieht die Sache für Knudsen-Hoppe natürlich anders aus, da hast du Recht. Aber vielleicht war Ingas Vater auch ein Nazi. Die Kinder dieser Väter haben es nach dem Krieg in Dänemark nicht leicht gehabt.«

»Er scheint jedenfalls nicht mehr zu leben. In dem Häuschen war doch nur noch ihre Mutter.«

»Ihre Mutter ist Dänin«, murmelte Britta. »Aber vielleicht war ihr Vater sogar ein Deutscher.«

Sie ging halb um den Tisch herum und ließ sich auf dem Stuhl Marie gegenüber nieder. Als wäre ihr plötzlich der Appetit vergangen, legte sie ihr Fischbrötchen abrupt auf dem Pappteller ab, während Marie herzhaft von ihrem Krabbenbrot abbiss. Ein paar der kleinen grauen Würmchen purzelten auf die Erde.

»Mann, womöglich war ihr Vater einer von diesen Kollaborateuren, die in Sønderjylland mit den Besatzern zusammengearbeitet haben. Es gab hier ein Konzentrationslager, Frøslev, das liegt direkt an der Grenze. Ist heute eine Gedenkstätte. Dort wurden alle in Dänemark verhafteten Widerstandsleute gesammelt und gefangen gehalten, bis sie auf Transport in die deutschen Konzentrationslager kamen. Kannst du dir vorstellen, was mit den Leuten, die da drin gearbeitet haben, gemacht wurde, als der Krieg zu Ende war?«

»Vage«, sagte Marie.

»Die Dänen waren nicht besonders freundlich zu den Deutschen, nachdem die Nazis besiegt worden waren.«

»Es gibt keine Erbsünde, auch keine Erbschuld. Von einer Gnade der späten Geburt zu sprechen ist vielleicht auch etwas übertrieben, aber von Schuld ebenfalls.«

»So sehen wir das heute. Aber damals sah man es anders. Und dann stell dir mal vor, du hast so einen zum Vater. Vielleicht einen, der im Konzentrationslager als Aufseher gearbeitet hat. Irgendwie passt das zu Persille-Inga. Sie ist irgendwie so ein unfröhlicher, nachdenklicher Mensch.«

»Na gut, vielleicht hat Elsa sie beschützt. Sie wird in Flensburg als Kind wohl nicht so viel zu leiden gehabt haben. Am besten fragen wir Frau Blatt selbst.«

»Sag ich ja. – Wo hast du eigentlich Tomkin gelassen?«

Marie seufzte. »Der sitzt bestimmt bei dir zu Hause und ist beleidigt, weil ich heute Morgen nicht mit ihm gefrühstückt habe.«

»Sei doch nicht so. Ich finde das ganz sympathisch«, meinte Britta und nahm ihr Fahrrad wieder auf, um es neben Marie herzuschieben. »Heutzutage sind die meisten Beziehungen so distanziert, jeder ist nur auf seine Freiheit bedacht. Kaum einer wagt noch zuzugeben, dass er von seinem Partner knallhart abhängig ist. Und Gefühle sind ja so was von verpönt.«

Während ihrer Imbisspause hatten die Monteure es geschafft, die untere Hälfte des Riesenrads aus dem Lkw-Anhänger herauszufalten. Die beiden Frauen schoben sich an den Zuschauern vorbei und überquerten den Hafendamm.

»Ich kann schlecht was dazu sagen.« Marie seufzte. »Ich fürchte, ich bin auch nur die Hälfte von einer Art Doppel-Single. Wir leben jeder für sich, Tomkin in London und ich in Hamburg, und pflegen unsere Wochenendehe. Und das nun schon seit vielen Jahren. Wenn wir dann zusammen sind, muss immer alles harmonisch, symbiotisch und unbedingt gemeinsam gemacht werden, darüber gibt es dann regelmäßig Krach, und dann fahren wir zerstritten wieder auseinander. Um uns regelmäßig peu à peu telefonisch wieder zu versöhnen. Bis zum nächsten Wochenendbesuch.«

»Klingt anstrengend.«

»Wie sind denn deine Herzensdinge gestaltet?«

Britta schob ihr Fahrrad im Margarethenhof in eine Ecke, ohne es abzuschließen. Sie spielte mit dem Hausschlüssel herum und sah plötzlich verlegen aus. »Ich weiß es grade nicht so genau. Ich wäre am liebsten richtig doll verknallt. Ehrlich gesagt bin ich ziemlich romantisch veranlagt. Wenn der Richtige kommt, würde ich ihn direkt heiraten und sofort zusammenziehen. Ich wollte auch immer viele Kinder haben. Da bin ich mir aber im Augenblick nicht so sicher. Meine Arbeit macht mir einfach zu viel Spaß, um plötzlich nur noch Mutter zu sein.«

»Ja«, seufzte Marie, »die Arbeit … Aber mit der Romantik, da mach dir mal keine Gedanken. Das verwächst sich von ganz allein. Du bist ja noch so irre jung.«

»Ja, Mama.« Britta schloss grinsend die Haustür auf.

Marie knuffte sie in die Seite und schob sich an ihr vorbei. Dann ging sie in den ersten Stock in Karols ehemaliges Zimmer, in dem sie übernachtet hatten. Aber das Bett war leer.

Kapitel 18

Inga hatte den unförmigen Sommermantel abgestreift und zusammengerollt in ihren Rücken geschoben. So ließ es sich etwas besser hocken auf der harten Pritsche in der Vorderkajüte, durch deren Luke sie ins Boot hatte krabbeln können. Auf der Zunge hatte sie noch immer den Geschmack des Lippenstiftes, obwohl sie es vermied, ihre Lippen zu lecken oder allzu fest aufeinander zu pressen. Es war genau dieser Geschmack, dieser Geruch, den sie eigentlich an Kosmetika nicht leiden konnte. Er erinnerte sie an ihre Kindheit. Nach Lippenstift und Schminke hatte es gerochen, wenn ihre Mutter ihr mit ihrem Taschentuch den Mund abgewischt oder mit ein bisschen Spucke einen Fleck aus dem Gesicht gerieben hatte. In den Taschentüchern ihrer Mutter waren immer Kosmetikspuren gewesen. Vergangenheit. Aber gerade die wollte sie ja wachrufen, wollte sie ganz und gar wieder präsent haben. Wie erschuf man sich Erinnerung? Wie bildete man seine Vergangenheit? Man grübelte und dachte nach, man suchte einzelne Episoden auf, die sich verstreut im Bewusstsein gehalten hatten, man stellte sie sich wieder und wieder vor, malte sie aus, fühlte sie nach. Man versuchte, von da aus an andere Erinnerungen anzudocken, eine Spur zu finden, einen Weg in die versunkenen Welten. Warum? Um sie wieder aufzufinden und endgültig auszulöschen. Damit die Geister der Vergangenheit Ruhe finden konnten. So lehrte es die Psychoanalyse.

Mit den Psychologen aber hatte Inga kein Glück gehabt. Mehrere Jahre hatte sie damit vertan, ihren Kindheitstraumata bei einem Analytiker auf die Spur zu kommen. Vergebens. Nur immer tiefer hatte es sie hineingerissen in Depressionen, Ängste und Verzweiflung. Irgendwann kam für jeden der Punkt, da musste man sich entscheiden: ob man sein Leben in die Hand nehmen, sich befreien wollte aus den Zwängen der Vergangenheit oder ob man abhängig und unfrei bleiben und mit ihr untergehen wollte. Das hatte Inga schließlich begriffen, allerdings nicht bei ihrem Analytiker, auch nicht bei dieser Gestalttherapeutin, die ihr aufschwatzen wollte, ihre Mutter wäre an allem schuld. Nein, bei einem Kirchenbesuch im tiefsten Bayern. Nach einer Messe, die sie aus Langeweile und Neugier besucht hatte, war sie mit einer Nonne ins Gespräch gekommen. Die fromme Frau hatte auf ihre Frage – die Frage, die diesen Leuten immer gestellt wurde –, warum sie denn ins Kloster gegangen sei, geantwortet: »Weil Gott mich gerufen hat.« Sicher, das sagten sie immer, die Nonnen. Aber sie hatte hinzugefügt: »Nicht dass er mich gezwungen hätte, er hat mir schon die freie Wahl gelassen. Wir haben immer die Wahl, jeder in seinem Leben. Das ist Gottes Liebe. Aber ich habe dennoch seinen Ruf gehört und bin ihm schließlich gefolgt.«

Dass das Gottes Liebe war, glaubte Inga trotzdem nicht. Aber dass sie die Wahl hatte, aus ihrem Leben etwas zu machen und trotz alledem glücklich zu sein, das spürte sie seither ganz deutlich. Sie war nicht verdammt dazu, die Schuld ihrer Väter, die Schuld der Vergangenheit abzutragen. Zwar konnte sie sich dafür entscheiden – sie hatte sich schon lange entschieden –, aber deshalb hatte doch niemand das Recht, es von ihr zu verlangen. So wenig, wie jemand sie deswegen verachten konnte.

Und dann war plötzlich alles ganz einfach gegangen. Plötzlich hatte sie den Weg herausgefunden aus ihrer Verwirrung und ihrem Unwissen. Und schließlich hatte sie *ihn* gefunden und wusste auf einmal, was sie zu tun hatte.

Sie hörte zuerst die Schritte auf dem Bootssteg, einen schweren, festen Tritt und einen leichteren. Dann zwei Männerstimmen. Das eine war Knudsen, ganz unverkennbar. Die Stimme des anderen kannte sie nicht. Wer mochte das sein? Jemand vom Yachtclub? Oder der Besitzer eines Nachbarboots? Als die beiden näher kamen, hörte sie, dass der Unbekannte Deutsch mit einem kleinen Akzent sprach. Ein Holländer vielleicht oder ein Engländer? Er kam doch hoffentlich nicht mit aufs Schiff. So hatte sie sich das nicht gedacht!

Inga wurde es plötzlich sehr heiß in ihrem Loch. Es gab auch nicht die geringste Ritze, aus der sie hätte herausschauen können. Auf der Pritsche, die keilförmig die Schiffsspitze ausfüllte, lagen große bunte Säcke, die Segel oder Segeltuch enthalten mochten.

Durch das Oberlicht sah sie nur den Himmel und ein kleines Stückchen vom Mast.

Als der erste Fuß an Bord gesetzt wurde, schwankte das Schiff so heftig, dass Inga mit dem Kopf gegen einen Hängeschrank prallte. Vor Schmerz traten ihr Tränen in die Augen. Tatsächlich gingen beide Männer an Bord. Die Leinen wurden gelöst und Inga spürte, wie die Yacht anfing frei zu schwimmen, statt gut vertäut am Steg zu liegen. Ihr Herz raste. Um von Bord zu gehen, war es jetzt zu spät. Sie saß in der Falle.

Schließlich wurde der Außenbordmotor angeworfen. Leise tuckernd gewann das Boot an Fahrt. Bald würden sie das Hafenbecken verlassen haben und in der Förde die Segel setzen.

Kapitel 19

»Bis Montag«, wiederholte Marie und zog eine Grimasse.

Britta hantierte still vor der Küchenanrichte und zeigte, indem sie die Schultern hochzog wie bei einem plötzlichen Schmerz, dass sie zuhörte und mitlitt.

»Aber ich wollte den Wagen am Wochenende ja gar nicht benutzen«, rief Marie in den Telefonhörer. »Ich bin mir vollkommen im Klaren darüber, dass ich einen Dienstwagen nicht am Wochenende benutzen darf, sofern ich nicht dienstlich tätig bin. – Nein, ich hatte vor, das Wochenende *privat* hier zu verbringen.« Sie lauschte mit gerunzelter Stirn. »Ich weiß, dass ich dafür verantwortlich bin. Doch, ich bin schon länger im Dienst, Chef. – Oh ja, es gibt eine ganze Menge neue Erkenntnisse. Hier auch. – Das habe ich auch gar nicht gesagt! Es war einfach Pech, nichts weiter.«

Marie legte den Kopf in den Nacken und versuchte, die Worte, die aus dem Telefonhörer kamen, an sich ablaufen zu lassen wie Regentropfen. Es machte ihr ganz schön zu schaffen, und sie gab sich keine Mühe, es zu verbergen. Britta drehte sich um und warf ihr einen mitfühlenden Blick zu. Sie hatte einen Kopf grünen Salat fertig gezupft und wagte nicht, den Wasserhahn aufzudrehen, um ihn zu waschen. Schließlich fing sie an, eine Zwiebel zu schälen und leise zu hacken.

»Zwei Funkgeräte im Kofferraum. Ja, leider. Noch ein paar Landkarten, nichts Wichtiges. – Ja, einfach Pech. Danke, Chef. Danke für Ihr Verständnis. – Bis Montag also, okay. Können Sie mich dann noch zu Scholz durchstellen? Er hat doch Wochenenddienst. Nein? Wer ist denn dann da? Niemand? Na, prima. Dann probiere ich es über sein Handy. Wozu haben wir die Dinger, nicht wahr? Ihnen auch ein schönes Wochenende. Und tschüss.«

Marie starrte das Mobilteil des Telefons an und drückte offenbar den falschen Knopf, denn das Gerät gab ein warnendes Piepen von sich. Britta eilte herbei und nahm es ihr aus der Hand.

»Geschafft?«, fragte sie überflüssigerweise.

»Kann man wohl sagen.«

»Die Deutschen und ihre Autos. Wenn ihnen ein Kind abhanden kommt, regen sie sich weniger auf, als wenn ihr Auto geklaut wird.« Kopfschüttelnd trat die Journalistin wieder an die Küchenzeile zurück. »Soll ich das dritte Kotelett auch schon braten? Wann, meinst du, ist Tomkin zurück?«

»Wenn ich das wüsste«, brauste Marie auf. »Ich habe keine Ahnung, wo der Kerl sich herumtreibt.«

Britta sah sie erschrocken an. Dann schlich sich ein spöttisches Lächeln in ihr Gesicht. »Ganz so frei und unabhängig bist du wohl doch nicht, wie?«

»Unsinn. Aber ich habe gerade andere Probleme. Muss ich mir jetzt auch noch Gedanken darum machen, wo mein Freund steckt und wann er eventuell geruht wieder aufzutauchen? Ehrlich, ich habe dafür jetzt keinen Kopf.« Sie griff nach dem Telefon, wählte, hielt es ans Ohr, fluchte kurz, versuchte es erneut und fand endlich die richtige Taste, damit die Leitung aufgebaut wurde.

»Hallo Karsten. Wo bist du? – Unterwegs, okay. Hör zu, mir ist hier ein Malheur passiert. Mein Dienstwagen ist geklaut worden, am helllichten Tag. – Sehr komisch, das ist kein Witz. Ich habe schon alle Formalitäten erledigt, Anzeige erstattet hier bei den Kollegen, und so weiter. – Kannst du dich jetzt mal wieder einkriegen, bitte? Was gibt es bei euch Neues? – Wer? Der Sohn? Welcher Sohn? – Torben Knudsen, ach so. Ja sicher, aber ich weiß im Augenblick nicht, wie ich da hinkommen soll. Wassersleben – Moment mal.« Marie legte eine Hand über den Hörer. »Könntest du mich nachher vielleicht nach Wassersleben fahren? Knudsen hat da eine Ferienwohnung. Sein Sohn ist angeblich auf dem Weg dorthin. Ich würde ihn natürlich gern sprechen.«

»Kein Problem«, sagte Britta und ließ das dritte Kotelett in das zischende Bratfett gleiten. »Wir wollten doch sowieso gleich nach Apenrade. Auf dem Rückweg können wir über Wassersleben fahren.«

»Kein Problem«, wiederholte Marie für Karsten. »Wir sehen uns den jungen Mann mal an. Und Knudsen ist auch hier? – Wisst ihr nicht, so. Was habt ihr denn gemacht inzwischen? – Zentralregisterabfrage«, murmelte sie, damit Britta auf dem Laufenden blieb. »Liegt nichts gegen ihn vor. Und deine Jungs auf dem Kiez sind alle informiert … halten nach dem Laptop Ausschau, gut. Vielleicht sollten wir deswegen auch die Presse einschalten. Bei den Hardware-Händlern rumfragen, An- und Verkauf. – Eine Stecknadel im Heuhaufen, das ist richtig. Aber solange wir keinen anderen Anhaltspunkt haben – die Hausbewohner habt ihr befragt. Nichts gesehen, ja, das dachte ich mir schon. Morgens zwischen acht und zehn Uhr nie. Na gut, wir machen halt weiter. – Wie bitte? Nein, nicht in einer Frittenbude. Ich bin bei Britta, einer Freundin. Sie arbeitet hier bei einer dänischen Kulturvereinigung. – Karsten, Flensburg liegt an der dänischen Grenze. Es gibt Dänen, die in Deutschland leben, und Deutsche in Dänemark, davon hast du vermutlich noch nie gehört, oder? Hatte ich auch nicht. – Ja, die haben sogar Schulen und Zeitungen und alles Mögliche. Ich erkläre dir das, wenn ich wieder da bin. – Alles klar, dann bis Montag. Mach's gut.«

Diesmal schaffte Marie es auf Anhieb, das Mobilteil auszuschalten. Dann warf sie es möglichst weit von sich auf das breite Sofa, das die Rückwand der Wohnküche ausfüllte.

»Das habe ich hinter mir, uff. Jetzt können wir richtig anfangen zu arbeiten.« Sie stand auf und trat hinter Britta an den Herd. Drei durchwachsene Schweinekoteletts, die Britta mittags beim Bioschlachter auf dem Südermarkt erstanden hatte, fingen gerade an, schön braun und knusprig zu braten.

»Fehlt nur noch, dass jetzt Tomkin durch die Tür kommt«, sagte Britta und trug die Salatschüssel zum Tisch.

Tatsächlich ging die Tür auf, aber statt Tomkin stand Ludger in der Küche. Er kam offensichtlich direkt aus dem Bett.

»*O no,* Fleisch am frühen Morgen, wer isst denn so was«, stöhnte er. »Kann man hier nicht mal in Ruhe frühstücken?«

Marie und Britta sahen sich an und fingen an zu kichern.

»Es ist kurz nach halb drei, Ludger, guten Morgen.«

Britta zog die Pfanne vom Herd und schwenkte sie unter Ludgers Nase zum Tisch. Der junge Mann verließ fluchend die Küche.

Kapitel 20

Hinter der Abfahrt nach Kiel gab Torben richtig Gas. Endlich hatte er auch die letzten Wochenendurlauber Richtung Ostseebäder hinter sich gelassen, die Autobahn war plötzlich frei bis auf die Skandinavier, die mit ihren Wohnmobilen auf der rechten Spur gen Norden schaukelten. Er drehte seine Yamaha noch mal voll auf, hundertsechzig, hundertsiebzig, hundertfünfundsiebzig zeigte der Tacho, dann fing die Lenkung an zu vibrieren. Torben lockerte die rechte Hand am Gas und spürte, wie der Winddruck sofort nachließ, die Hochspannung in seinem Körper sich ein wenig reduzierte.

Er war mitten in der Nacht in Ulm losgefahren, saß jetzt seit zehn Stunden nur von zwei Tank- und Kaffeepausen unterbrochen auf dem Bock. Wahnsinn. Wenn Mama das wüsste, aber sie würde es jetzt ja nicht mehr erfahren. Sie würde nie wieder etwas von ihm erfahren. Vielleicht unternahm er gerade eine Art Selbstmordversuch. Vielleicht wollte er ihr möglichst bald nachfolgen – nein, das konnte er ihr nicht antun. Hundertmal schon hatte er diesen Gedankengang in seinem Hirn gewälzt, die ganze Fahrt über. Der verzweifelte Versuch, den Tod zu verstehen. Man kann ihn aber nicht verstehen, das hatte Annett ihm gleich gesagt. Gestern Abend, als er sie angerufen hatte, wieder mal. Und wieder mal vergebens. Natürlich hatte sie sich nicht erweichen lassen von seinem Kummer, hatte er das wirklich geglaubt? Hatte er etwa Mamas Tod benutzen wollen, um bei Annett endlich anzukommen?

Unwillkürlich hatte Torben die Hand am Gas wieder bis zum Anschlag nach oben gekippt, die Yamaha ächzte und gab ihr Letztes, der Lenker flatterte in seiner Hand. Erschrocken ließ er nach und fiel schnell von der Höchstgeschwindigkeit zurück in gemütliches Tempo hundertdreißig. Das kam ihm nun so langsam vor, dass er fast meinte, stehen zu bleiben. Geschwindigkeit ist relativ, alles war relativ. Auch der Kummer. Der Kummer über Mamas Tod war so unendlich, dass er ihn gar nicht auf einmal fassen konnte. Sein kleiner Liebeskummer war dagegen fast nichts, nur gewohnt schmerzhaft. Seit Wochen schon kannte er dieses brennende Gefühl hinter dem Brustbein. Und konnte sie doch nicht vergessen, nicht aufgeben. Verletzter Stolz. Oder wahre Liebe? Er wusste es nicht. Es war ja eigentlich auch egal.

Die Entfernung bis Flensburg nahm rapide ab. Vierundzwanzig Kilometer nur noch bis zur Abfahrt Flensburg-Tarp. Keine Viertelstunde. Bis Wassersleben noch gut zwanzig Minuten.

Als er jedoch endlich von der Autobahn abgebogen war und über die Schnellstraße auf Flensburg zufuhr, entschied er sich plötzlich anders. Er rollte auf die Förde zu durch den dichten Samstagsausflugsverkehr bis zur Kreuzung an der Neuen Straße. Rechter Hand lag das Hafenbecken voller Segler, dazwischen tuteten zwei dicke alte Dampfschiffe herum. An der Hafenspitze wurde gerade ein Riesenrad aufgebaut. Das Rad stand schon, nur die Gondeln fehlten noch. Als die Ampel auf Grün sprang, bog Torben in die Neue Straße ein, statt geradeaus weiterzufahren Richtung Wassersleben, und gelangte, sich immer links haltend, über die Toosbüystraße in die Wrangelstraße.

Vor ein paar Monaten hatte er seinen Großvater zum ersten Mal gesehen. Er hatte ihn allein aufgesucht, aus eigenem Antrieb. Seinen Eltern hatte er nichts davon erzählt. Er war einfach neugierig gewesen auf den alten Herrn. Über niemanden hatte er jemals so viele schlimme Geschichten gehört wie über ihn. Und dabei war er nur ein ganz normaler alter Mann. Eigentlich hatte er ihn vom ersten Augenblick an irgendwie gern gehabt. Und er hatte ihm Leid getan.

Torben fuhr langsam durch die schmale Allee mit den prächtigen Villen zu beiden Seiten. Tolle Häuser, fand er, und das seines Großvaters gefiel ihm ganz besonders gut. Es war eine hohe, weiß gestrichene Gründerzeitvilla mit großen Erkern im Erdgeschoss und einer Putte über dem Eingang. Mama und Papa hatten manchmal darüber debattiert, wer das Haus wohl erben würde, wenn Opa starb. Papa hatte gemeint, er wolle damit nichts zu tun haben. Mama hatte das anders gesehen. Wenn er, Torben, dazukam, waren sie immer schnell verstummt. Vermutlich war er der Erbe, vor allem jetzt, wo Mama tot war.

Es war halb drei, als er sein Motorrad vor dem Haus abwürgte. Er war seit genau zehneinhalb Stunden unterwegs. Steifbeinig stieg er ab und kippte den Helm vom Kopf. Die frische Luft traf ihn wie ein Flash, und plötzlich erfasste ihn die Trauer wieder, als hätte er die Nachricht vom Tod seiner Mutter eben erst erhalten. Er ließ sich nieder, hockte sich neben seine Maschine in den Rinnstein und fing an zu heulen.

Kapitel 21

»Inga? Er det dig?«

Marie sah Britta fragend an. Dann klopfte sie noch einmal. »Frau Blatt, hier sind Marie Maas und Britta Madsen aus Flensburg. Wir würden gern noch einmal mit Ihrer Tochter sprechen.«

Es dauerte eine ganze Weile, aber dann wurde, anders als beim letzten Mal, vorsichtig die Tür aufgezogen.

»Meine Tochter ist nicht da. Ich weiß gar nicht, wo sie bleibt«, sagte die alte Dame im Rollstuhl. Ihr Deutsch war sehr gut, nur ein kleiner singender Akzent verriet, dass sie Dänin war. Sie sah aufgelöst und zersorgt aus. Ihre von Arthritis gekrümmten Finger rieb sie mit kurzen, ruckhaften Bewegungen nervös aneinander. »Sie ist heute Morgen weggegangen und noch nicht wieder da.«

Britta sah auf ihre Armbanduhr. »Vier Uhr. Vielleicht kommt sie jeden Augenblick. Dürfen wir vielleicht so lange warten?«

Mette Blatt rollte ein wenig zurück und ließ sie eintreten. Es roch muffig im Haus, das war Marie am Tag zuvor nicht aufgefallen. Mit Schrecken machte sie sich klar, wie abhängig die Rollstuhlfahrerin von ihrer Tochter war. Sie konnte nicht einmal allein aus dem Bett kommen.

»Bitte setzen Sie sich doch.« Mit einem zittrigen Rest einstiger Gastfreundschaft und Höflichkeit bat die alte Frau die beiden in ihr Kranken- und Wohnzimmer und nötigte sie, sich auf das Sofa zu setzen.

»Inga geht jeden Morgen einkaufen. Aber sie kommt immer zum Mittag nach Hause. Normalerweise kocht sie.«

Sie wies auf ein Tablett mit einem halb leer gegessenen Plastikgefäß. Ein Fertiggericht. Kartoffelbrei, Erbsen, die Soße war zu einem festen Lack geronnen. Nur das Fleischstückchen, das sicher dazugehört hatte, war von der Kranken restlos vertilgt worden.

»Sie brauchen sich bestimmt keine Sorgen zu machen«, begann Britta. »Ihre Tochter ist doch ein zuverlässiger Mensch. Vielleicht hat sie viel zu erledigen heute.«

»Sie kommt immer zu Mittag nach Hause. Nur wenn sie in der Schule ist, dann natürlich nicht. Aber sie ist ja beurlaubt. Ich hatte einen Schlaganfall, letztes Jahr im Herbst. Seitdem ...« Sie hob die Achseln. »Sie sehen ja, wie es um mich steht. Ohne Inga wäre ich ganz hilflos. Jetzt geht es ja schon ein bisschen besser, aber so richtig wird es nicht wieder. Die Beine wollen nicht mehr.«

Britta nickte teilnahmsvoll.

»Ihr Mann ist vermutlich schon verstorben«, sagte Marie.

»Mein Mann? Oh ja, der ist lange tot.«

Marie wartete ab, ob noch etwas kam, doch die alte Frau schwieg und schien mit einem Mal ganz in Gedanken zu versinken. Plötzlich merkte man, wie totenstill es im Haus war.

»Ihre Tochter spricht sehr gut Deutsch, war Ihr Mann Deutscher?«, fragte Marie schließlich zaghaft.

»Inga ist doch zur deutschen Schule gegangen, nicht wahr. Das war ich ihm wohl schuldig.«

»Ihrem Mann«, konstatierte Marie.

»Gustavs Eltern waren auch Deutsche. Sie wohnten hier um die Ecke in der Nygade. Gustavs Mutter war eine stolze Frau, und wie stolz! Sie hat in der Bofællesskabet gearbeitet, in der Buchhaltung. Jawohl, das war damals nämlich deutsch. Sie war ja ganz dagegen, dass ihr Gustav um mich freite. Er war so schmuck mit seiner Uniform. Der schönste Mann in Aabenraa. Darum sind sie auch alle hinter ihm her gewesen. Auch die Männer.«

»Die Männer?«, fragte Britta.

»Na ja, er war doch Landesführer, er war sogar in der Reichskanzlei zu Besuch, beim Führer persönlich.«

Marie und Britta sahen sich an.

»›Wir Volksdeutschen in den deutschen Nachbarländern stehen

an vorderster Front unserer deutschen Kampfbewegung‹, hat er immer gesagt. Das hat der Führer ihm nämlich gepredigt. ›Ihr seid ein Vorposten Deutschlands, für euch gilt noch im Frieden Kriegsrecht.‹ Und damit hatte er dann ja auch Recht. Als sie kamen, die Deutschen, da konnten sie sich denn auch ganz auf Gustav und seine Leute verlassen. Nur gedankt hat es uns hinterher niemand.«

»Die Dänen sicher nicht«, sagte Britta.

Die alte Frau warf ihr einen überraschten Blick zu. Ob ihr klar war, wen sie da eigentlich vor sich hatte? »Das ist ja auch alles lange vorbei«, sagte sie rasch. »Es waren keine leichten Zeiten, für uns alle nicht.«

»Ihre Tochter hat später wohl viel ausstehen müssen«, versuchte Marie einen weiteren Vorstoß.

»Inga hatte eine schöne Kindheit. Aabenraa ist eine schöne Stadt.« Die alte Dame atmete schwer und legte den Kopf in den Nacken. »Wenn ihr nur nichts passiert ist.«

»Ihre Tochter hat ihre Examensarbeit über das Thema deutsche Vergangenheitsbewältigung geschrieben – sie scheint sich recht intensiv mit der Nazizeit auseinander gesetzt zu haben.«

Die Hände der Alten lagen matt und weiß wie die Hände einer Toten in ihrem Schoß. Sie hatte die Augen geschlossen. »Meine Inga ist ein gutes Kind«, murmelte sie. »Sie war immer ein liebes Kind. Sie ist sonst immer zu Mittag zu Hause.«

Marie schwieg und zermarterte sich das Hirn, wie sie noch einmal Zugang bekommen könnte zu der Frau, um etwas mehr über ihre Tochter zu erfahren.

»Kannten Sie eigentlich Ingas Freundin Elsa Hoppe aus Flensburg? Die beiden haben zusammen studiert.«

Frau Blatt riss den Kopf hoch. »Hoppe, nein, die kenne ich nicht. Inga hat keine Freundinnen.«

Marie erhob sich und ging ans Fenster. Rechts an der Wand hing ein gerahmtes Foto der Königsfamilie. Königin Margarethe im roten Samthabit, ihr Gemahl und die beiden Söhne – Prinz Joachim mit seiner frisch gebackenen Ehefrau Alexandra – an ihren Seiten. Die dunkelhäutige Asiatin hatte in Dänemark den Spitznamen ›Frühlingsrolle‹, hatte Britta ihr auf der Herfahrt erzählt. »Die Dänen sind nicht gerade fremdenfreundlich, auch wenn das auf den ersten Blick so aussieht. Sie sind tolerant, aber sie bleiben letztlich doch am liebsten unter sich. Auf ihre Königin lassen sie allerdings nichts kommen. Und typisch ist auch, dass sie dem jungen Paar die Renovierung ihres Schlosses zur Vermählung geschenkt haben. Das ganze Volk hat dafür gespendet, kannst du dir das vorstellen?«

Marie konnte es sich nicht vorstellen. Aber wenn man schon eine Königsfamilie hatte, musste man sie auch verehren, was sollte das Ganze sonst.

Unter dem Königsbild auf der Kommode standen weitere gerahmte Fotos. Das eine zeigte einen jungen Mann in SS-Uniform.

»Ist das Ihr Mann?« Sie zeigte auf das Bild.

»Ja, das ist Gustav, bei seinem letzten Besuch.« Mette Blatt seufzte. »So habe ich ihn in meinem Herzen bewahrt.«

»Sein letzter Besuch? Wann ist Ihr Mann denn gestorben?«

»Vermisst ist er. Er ist nie heimgekommen. Russland hat ihn verschluckt. Stalingrad.«

»Stalingrad«, wiederholte Marie und rechnete blitzschnell nach. Hitlers Vormarsch in Russland endete 1943 mit der Katastrophe an der Wolga. Inga war 1950 geboren. »Aber dann kann er ja gar nicht Ingas Vater sein«, murmelte sie.

Frau Blatt schwieg und wackelte mit dem Kopf. »Heimgekehrt ist er nie, nein, das ist er nicht.«

»Ihr Mann Gustav ist gar nicht der Vater Ihrer Tochter – haben wir das richtig verstanden?«, setzte Britta laut und deutlich nach.

Marie warf ihr einen alarmierten Blick zu. Solange sie nicht dienstlich hier war, hatten sie kein Recht, die Dänin unter Druck zu setzen.

»Entschuldigen Sie«, stammelte Britta. »Aber es könnte sehr wichtig sein für uns …«

»Bitte«, sagte Marie nachdrücklich. Dann wandte sie sich wieder an Frau Blatt. »Ich glaube, wir müssen jetzt gehen.«

Die alte Dame schwieg.

Marie erhob sich. »Es tut uns Leid, aber sicher kommt Ihre Tochter gleich nach Hause.«

Mette Blatt verzog keine Miene, als die beiden das Haus verließen.

Über der Bucht des Apenrader Fjords zogen schwere Gewitterwolken auf, als Marie und Britta die Stadt Richtung Süden verließen, um nach Flensburg zurückzufahren. Die flache weite Bucht wurde verschandelt von den Anlagen eines riesigen Heizkraftwerks am südlichen Ufer, das die ganze Region mit Fernwärme und Energie versorgte.

»Ich fand, das ging zu weit«, meinte Marie. »Entschuldige, wenn ich dir in die Parade gefahren bin. Aber ich hatte das Gefühl, die alte Dame wollte uns nicht mehr sagen.«

Britta zuckte die Achseln. »Tut mir Leid. Es wurde nur gerade so spannend.«

»Stimmt. Aber so ist es eben bei der Ermittlungsarbeit. Immer, wenn es interessant wird, kommt man erst mal nicht weiter. Da habt ihr Journalisten es besser. Zur Not denkt ihr euch halt was aus!«

Britta zog eine Grimasse und reihte sich auf der Linksabbiegerspur ein. Vor der roten Ampel stoppte sie und sah Marie von der Seite an. »Und nun?«

»Fahren wir nach Wassersleben und statten Torben Knudsen einen Besuch ab. Vielleicht kann der Junge mir den Charakter seiner Mutter ein wenig erhellen. Ich kann mir einfach kein Bild machen von dieser Frau.«

»Ich schon.« Britta gab wieder Gas und ließ die sanfte Hügellandschaft von Sønderjylland an ihnen vorbeisausen. »Ich stelle mir vor, sie war so eine taffe, karrierebewusste, egozentrische, geltungssüchtige Frau, wie ich sie im Studium oder während meiner Praktika in den Redaktionen so oft kennen gelernt habe.

Vor allem in Deutschland. Erst hat sie sich statusbewusst einen Mann geangelt, dann hat sie ihre Doktorarbeit von der ambitionierten Examensarbeit ihrer besten Freundin abgeschrieben. Um ihren alten Vater hat sie sich nicht mehr gekümmert, weil er ein alter Nazi war und sie das nicht politisch korrekt fand. Für eine Wohnung in Wassersleben und eine in Hamburg hat es ja auch ohne seine Unterstützung gereicht. Ach doch, ich kann mir diese Frau sehr gut vorstellen. Und ich würde es Inga nicht übel nehmen, wenn sie ihr eins über den Schädel gegeben hat. Sie hatte wahrscheinlich Gründe genug dafür.«

»Ein Gericht würde das anders sehen.«

»Klar. Ich glaube ja auch gar nicht, dass es so war. Inga ist viel zu lieb dafür. Ob sie wohl weiß, dass dieser Gustav gar nicht ihr Vater ist?«

Marie zuckte die Achseln.

»Hast du bemerkt, wie komisch ihre Mutter auf den Namen Hoppe reagiert hat?«

»Hm«, machte Marie.

»Wie elektrisiert. Ich wette, sie kannte den Namen.«

»Ich weiß nicht. Woher sollte sie ihn kennen?«

»Immerhin war der alte Hoppe Landgerichtsrat in Flensburg.«

»Nicht unbedingt eine öffentliche Person.«

»Vielleicht ist Hoppe Ingas Vater«, sponn Britta weiter. »Das wäre doch ein Ding.«

Marie sah Britta skeptisch an.

»Dann wären Elsa und Inga Halbschwestern gewesen«, fuhr Britta unbeirrt fort. »Das würde doch alles erklären. ›Für I.‹, die Widmung, denk mal, für ihre Schwester. Das Thema – es hat sie natürlich beide berührt. Weil sie beide mit derselben Geschichte desselben Vaters konfrontiert waren.« Vor Aufregung fuhr Britta so langsam, dass ein paar Ungeduldige hinter ihnen zu gewagten Überholmanövern auf der unübersichtlichen Landstraße ansetzen. »Wollen wir nicht zu Hoppe fahren und ihn einfach mit den Tatsachen konfrontieren? Vielleicht ist Inga ja gerade bei ihm? Es passt doch alles ineinander, wie ein Puzzle.«

»Apropos fahren ...«, sagte Marie, und Britta lachte und gab wieder Gas, sodass die Felder draußen nur so an ihnen vorbeiflogen.

Marie lehnte den Kopf gegen das Polster der Kopfstütze und überlegte, wie sie den kreativen Überschwang ihrer Begleiterin dämpfen konnte, ohne sie erneut zu kränken. Sie kannte diese Phase der ersten Selbstverliebtheit in die Detektivarbeit nur zu genau. Nicht nur von ihren eigenen Anfängen, auch von denen etlicher Kripokommissare, die sie im Laufe der Jahre ausgebildet hatte. Sie fingen an, in dem wuchernden Material der Ermittlungen wild herumzuspekulieren und tausendundeine Theorie zu entwickeln. Letztlich vorwärts kam man aber nur, wenn man langsam und systematisch nach einer ganz klaren Methode vorging. Man musste Lücken suchen, nicht Brücken bauen. Man musste skeptisch bleiben, bei aller Fantasie. Natürlich spielte man immer wieder Modelle durch, entwickelte Thesen und konstruierte mögliche Handlungsabläufe. Aber man musste jeden Augenblick bereit sein, all das wieder zu vergessen. Sammeln und jagen war die Aufgabe, nicht Gedankengebäude errichten. Nach außen schauen, nicht nach innen. Das wurde einem als Erstes beigebracht, wenn man zur Kripo kam, und nach und nach wurde es einem dann zur zweiten Natur. Während die Anfänger immer wieder hektisch ihre Puzzleteile zusammenfügten, stets aufs Neue beglückt, wenn etwas passte, und enttäuscht, wenn nicht, war der Profi nur darauf bedacht, die Puzzleteile auseinander zu halten. Nach Farben zu sortieren. Nach Größe und Schattierung. Und wenn der Neuling schließlich ermüdete, wusste der alte Hase, dass die Arbeit erst losging. Ermüdung war das Einzige, was eine Ermittlung zum Scheitern bringen konnte. Oder den Täter. Je nachdem, wer den längeren Atem hatte. Die Zeit war ein wichtiger Faktor für das Gelingen oder Misslingen eines jeden Unternehmens. Der richtige Zeitpunkt, das richtige Tempo, Geduld, aber auch Schnelligkeit. Das lernte man jedoch erst mit den Jahren. Britta war ja erst seit zwei Tagen dabei.

Marie lächelte ihre Fahrerin an.

»Habe ich wieder was Falsches gesagt?« Britta seufzte. »Bin ich kein guter Lehrling? Okay, ich wollte auch nie zur Polizei. Fahren wir also nach Wassersleben.«

»Nein, wir fahren zum alten Hoppe, Wrangelstraße. Vielleicht ist deine Idee gar nicht so abwegig. Und vielleicht ist Torben ja noch gar nicht in Wassersleben angekommen. Anschließend müssen wir dann erst mal zum Margarethenhof. Tomkin wird mich verfluchen. Er kann furchtbar schlechte Laune haben, wenn er versetzt wird.«

Kapitel 22

Der Wind kam von Südwesten und die *Elsa,* eine solide, fahrterprobte Neun-Meter-Yacht, war flott durch die Förde gezogen, vorbei an der Marineschule Mürwik, hatte backbords die Ochseninseln liegen gelassen und nahm nun Kurs auf den Yachthafen Glücksburg und die Halbinsel Holnis, deren Steilküste bereits mit dem bloßen Auge steuerbords zu erkennen war. Holnis war der letzte nordöstliche Zipfel von Schleswig-Holstein. Das gegenüberliegende Ufer der Förde gehörte bereits zu Dänemark. Der Himmel war blau, aber über der Halbinsel Broager zogen sich vom jütländischen Festland her dunkle Wolken zusammen. Das musste nichts zu sagen haben. Die Wetter wechselten schnell auf dem Wasser. Trotzdem war der Anblick ungemütlich.

»So nennen Sie sich heutzutage also, Schriftsteller. Märchenonkel wäre angemessener, finde ich«, bellte der Fremde, nachdem er den Kurs korrigiert und die Segel zum Kreuzen klargemacht hatte. Mit der Linken hielt er locker das Ruder.

»Wenigstens habe ich mich vorgestellt, im Gegensatz zu Ihnen.«

»Ach, Sie wissen nicht, wer ich bin, ja? Mann, rücken Sie endlich mit der Sprache raus! Was wollen Sie von mir?«

»Ich weiß nicht genau, was Sie meinen«, stotterte Tomkin. Er stützte sich mit den Füßen auf der gegenüberliegenden Sitzbank ab. Der Druck wurde immer stärker, je mehr das Boot sich neigte und Fahrt machte. Er hatte sich zwar die angebotene Schwimmweste übergezogen, und er war auch ein guter Schwimmer, aber geheuer war ihm die Situation trotzdem nicht. Er war sich nicht mehr sicher, ob es so eine gute Idee gewesen war, mit einem wildfremden Menschen auf ein Segelboot zu gehen. »Es war wirklich sehr nett von Ihnen, mich einfach so mitzunehmen. Ich bin noch nie auf einem Segelboot gefahren. Großartige Sache. Aber so langsam können wir dann auch wieder umkehren.«

Hinter Holnis ließ der Wind schlagartig nach. Der Fremde rastete die Ruderpinne ein und schwang sich auf die andere Seite, sodass er neben Tomkin zu sitzen kam. Das Boot dümpelte mit zwei oder drei Knoten Fahrt auf das Ufer von Broager zu.

»Umkehren können wir, sowie Sie mir erzählt haben, weshalb Sie mich angerufen haben.«

»Ich habe Sie nicht angerufen, das habe ich doch schon mal gesagt. Sie müssen sich täuschen.«

Der Fremde packte Tomkin am Kragen. Er war klein, aber drahtig und muskulös. »Hör zu, Freundchen, so geht es nicht weiter mit uns. Was willst du von mir? Woher kommst du? Wer schickt dich?«

Tomkin versuchte, sich aus dem eisernen Griff zu befreien. Er zog und zerrte an seinem T-Shirt und machte die Sache dadurch nur noch schlimmer. Er bekam fast keine Luft mehr. Eine Naht krachte. »*God damn*«, schimpfte er schließlich und riss sich mit einem Ruck los. »Ich will überhaupt nichts von dir! Ich kenne Sie gar nicht, verstehen Sie? Wenn ich gewusst hätte, was Sie für ein Theater machen, wäre ich überhaupt nicht mitgefahren.«

»Und das soll ich glauben? Das ist ja lächerlich.«

»Ich habe Sie nicht angerufen. Ich schwöre es, ich habe gar kein Telefon.«

Der Fremde schnaubte, als wäre es nun endgültig die Höhe zu behaupten, heutzutage kein Telefon zu haben. Wütend schwang er sich auf die andere Seite des Boots zurück und griff nach der Ruderpinne. Die Wolkenfront stand jetzt dunkel und bedrohlich über der Halbinsel. Sie fuhren direkt darauf zu, als sie weiter in die Außenförde hinaustrieben. Es war schwül, das bisschen Wind brachte keine Kühlung.

»Wir fahren nicht eher zurück, bis du mir erzählst, was das alles soll. Mit mir machst du keine schlechten Scherze, okay? Erst recht nicht über den Tod meiner Frau.«

»Den Tod deiner Frau?«

Der Fremde sah ihn hasserfüllt an.

»Das tut mir Leid«, sagte Tomkin und hatte plötzlich eine Idee. »Bist du etwa Knudsen? Professor Knudsen aus Hamburg?«

»Na endlich«, sagte der andere und zog an einer Leine, um das Vorsegel zum Kreuzen klarzumachen. Eine Bö erfasste das Boot, das endlich wieder Fahrt bekam und davonschoss. Die Neigung wurde so stark, dass Tomkin sich erneut abstützen musste. In seinem Rücken rauschte das Wasser ziemlich dicht unter ihm vorbei.

»Was für ein verrückter Zufall!«, rief Tomkin. »Aber ich habe von dir gehört.« Er hatte endgültig den Überblick über das Duzen und Siezen verloren. »Es tut mir Leid, was mit deiner Frau geschehen ist.«

»Jetzt plötzlich, wie? Vielleicht fällt dir dann auch wieder ein, dass du mich heute Morgen angerufen hast?«

Tomkin schüttelte den Kopf, aber er unterließ es, sich weiter zu verteidigen. Es hatte ja doch keinen Zweck. Der Mann wollte ihn nicht verstehen.

Sie fuhren direkt auf einen Wolkenberg zu, der von Broager her über das Wasser zog. Plötzlich zuckte ein Blitz aus der Tintenschwärze. Tomkin duckte sich erschrocken.

»Die Segel müssen runter!« Knudsen sprang auf, während das Boot wie von einer Windwalze geschoben direkt in das Unwetter hineinschoss. »Los, fass mit an!«

»Hör zu«, brüllte Tomkin gegen den Wind. »Mein Name ist Tomkin Quest, ich bin Engländer, Schriftsteller. Meine Freundin arbeitet bei der Polizei in Hamburg. Sie heißt Marie Maas, und sie ermittelt in dem Todesfall Elsa Knudsen-Hoppe. Ich habe dich nicht angerufen, es war Zufall, dass wir uns kennen gelernt haben.«

»Und das soll ich dir glauben?«, schrie Knudsen. Das Großsegel flatterte heftig um den Mast, ehe es endlich in sich zusammenfiel. Die ersten Regentropfen klatschten aufs Deck. Es wurde immer dunkler. »Seit wann arbeitet die Hamburger Polizei mit solchen Methoden?«

»Können wir nicht irgendwo anlegen oder umdrehen?«, rief Tomkin. »Ist es nicht gefährlich, bei einem Gewitter auf dem Wasser zu sein?«

Knudsen lachte nur und kämpfte mit der Fock. Nachdem beide Segel eingeholt waren, schaukelte das Boot wie eine Seifenschale in der Dünung. »Ich habe zwar in Hamburg mit einer Frau von der Kripo gesprochen, aber weshalb sollte sie mir dich auf den Hals geschickt haben? Zu welchem Zweck? Was habe ich euch getan? Was wollt ihr von mir?«

Während der Donner rollte, setzte der Regen so heftig ein, als hätte man irgendwo eine Dusche aufgedreht. Die See unter ihnen fing an zu springen und zu tanzen, als Tausende und Abertausende von Tropfen ihre Kringel in die Wasseroberfläche schlugen. Alles um sie herum war in Bewegung. Wieder ging ein greller Blitz an Land herunter, gleich darauf donnerte es.

Tomkin packte die Angst. Seine Knie waren weich von der Anstrengung, sich ständig gegen den Druck des Windes zu stemmen, und seine Hände eiskalt. In Sekundenschnelle war er bis auf die Haut durchnässt. Und wie sollte er diesen rasenden Mann zur Vernunft bringen?

»Los, in die Kajüte«, befahl Knudsen. »Aber kotz mir nicht die Bude voll!«

Tomkin rutschte die glatte Treppe hinunter und zog den Kopf ein, um in den kleinen Raum hinabzutauchen. Er wünschte sich nur eins: möglichst bald wieder festen Boden unter den Füßen zu haben. Er griff nach einem Küchenhandtuch, das neben der dunkel getäfelten winzigen Pantry hing, und rubbelte sich die Haare trocken, putzte und trocknete die Brille. Dann ließ er sich auf eine Bank fallen. Der Regen prasselte wie mit tausend Hämmerchen auf das Boot. Es hätte gemütlich sein können, war es aber nicht. Es war vielmehr extrem ungemütlich.

Knudsen kroch ebenfalls unter Deck. Er hatte eine Taschenlampe in der Hand, duckte sich ins Vorderschiff und hakte eine Tür auf. Plötzlich wich er zurück, als hätte ihn jemand getreten, und fiel fast hintenüber in den Gang.

»Guten Abend«, sagte eine Stimme, dann erschien der Kopf einer Frau, die in der vorderen Kammer verborgen gewesen war. Sie hatte einen zerknüllten Staubmantel unter dem Arm. »Damit hast du wohl nicht gerechnet, Jens.«

»Was … was soll das? Wer sind Sie?« Knudsen blieb auf dem Hinterteil sitzen und leuchtete der Fremden ins Gesicht. Das Wasser lief ihm aus den Haaren über die Stirn und tropfte von seinen Schultern herab.

Die Frau lachte, aber es sah nicht besonders fröhlich aus. »Der Jens, immer noch ganz der Alte. Immer noch so viele Frauen um ihn herum, dass er sich die einzelnen Namen nicht merken kann. Ich bin doch die Inga aus Aabenraa, erinnerst du dich nicht?«

Kapitel 23

Landgerichtsrat a. D. Hans Hoppe riss die Tür etwas weiter auf, als er Marie erkannte. Er sagte nichts, aber sein Gesicht drückte tiefe Missbilligung aus.

»Bitte schön«, sagte er. »Ich habe allerdings schon Besuch. Darf ich vorstellen: Das ist mein Enkel Torben. Er ist heute aus Ulm gekommen. Torben, das sind die Damen von der Polizei. Frau Maas und …«

»Angenehm«, sagte Marie und strahlte den Jungen an. Dann riss sie sich zusammen. »Sie wollten wir sowieso sprechen.«

»Ich bin –« Journalistin, wollte Britta vermutlich sagen. Aber Marie warf ihr einen so finsteren Blick zu, dass sie schnell korrigierte: »Mein Name ist Madsen.«

»Guten Tag«, sagte Hoppe und ging vor ihnen her ins Arbeitszimmer, das Marie bereits kannte.

Sein Enkel, von Kopf bis Fuß in schwarzes Leder gekleidet, folgte als Letzter und blieb in den Türrahmen gelehnt stehen. In dem jungen Gesicht, das deutlich die Spuren von Übermüdung zeigte, erkannte Marie die offenen Gesichtszüge von Professor Knudsen wieder. Aber da war noch etwas anderes. Torben Knudsen hatte die Augen seines Großvaters geerbt. Große, sehr hellblaue Augen unter einer hohen gewölbten Stirn. Seine blonden Haare waren fettig und hingen ihm weit in die Augen.

»Komm rein, Junge, und mach die Tür hinter dir zu. – Setzen Sie sich bitte«, sagte der alte Herr gebieterisch.

Torben ließ sich in einen Ledersessel fallen, der zu einer Sitzgruppe dem Schreibtisch gegenüber gehörte. Marie lehnte sich neben der kleinen Bildergalerie mit dem Dönitz-Foto an das Sideboard. Britta blieb mit verschränkten Armen neben ihr stehen.

»Bitte sehr«, sagte Hoppe. »Wir stehen Ihnen zur Verfügung.«

Marie bemerkte, wie Torbens Blick eine Sekunde zu lang auf Britta ruhte. Die beiden würden gar nicht schlecht zueinander passen. Die langbeinige Britta mit der roten Lockenmähne und der blonde, hoch aufgeschossene Torben, vielleicht ein oder zwei Jahre jünger als Britta, aber feurig und sichtbar angetan von der selbstbewussten jungen Frau und ihrem burschikosen Auftreten. Ein schönes Paar, eins, das spontan überzeugte, dachte Marie. Dann wandte sie sich Torbens Großvater zu, entschlossen, nicht lange um den heißen Brei herumzureden. Sie holte Elsa Knudsen-Hoppes Dissertation und den Hefter mit Inga Blatts Examensarbeit aus der Tasche.

»Ihre Tochter hat ihre Dissertationsschrift komplett abgeschrieben von der Examensarbeit ihrer Busenfreundin Inga Blatt.«

Hoppe sah auf. »Wer behauptet das?«

»Sie können es gerne selbst überprüfen. Kennen Sie Inga Blatt?«

Hoppe schüttelte den Kopf.

»Sind Sie sich ganz sicher, Herr Hoppe? Frau Blatt hat mit Ihrer Tochter zusammen in Kiel studiert. Sie ist jetzt Studienrätin hier am Duborg Gymnasium. Sie lebt mit ihrer Mutter in Apenrade.«

»Kann sein, dass ich sie einmal gesehen habe. Meine Tochter hat manchmal Leute mit nach Hause gebracht. Immer wieder andere.«

»Die Freundschaft mit Inga war offenbar etwas anderes. Die beiden hatten ein gemeinsames Hobby: Sie haben sich mit der Aufarbeitung der deutschen Vergangenheit befasst. Das war doch für Ihre Tochter ein wichtiges Thema, oder?«

Hoppe stand auf und begann wie bei ihrem letzten Besuch hinter seinem Schreibtisch vor den Fenstern auf und ab zu wandern. Er musste einst ein sehr stolzer Mann gewesen sein. Seine Haltung war noch immer tadellos. Aufrechtes Kreuz, breite Schultern, die ideale Statur für einen jungen Soldaten.

»Sie zielen auf meine militärische Vergangenheit. Die ist übrigens gar kein Geheimnis. Ich war während des Krieges als Wehrmachtsoffizier nach Dänemark abkommandiert. Ich habe direkt unter Doktor Best gearbeitet, war als angehender Jurist für die Deutsche Gesandtschaft in Kopenhagen tätig. Wie Sie wissen werden, galt Dänemark auch unter deutscher Besatzung als souveräner Staat und –«

»Doktor Bests berühmte ›Verständigungspolitik‹«, unterbrach Britta ihn. »Best war ein besonders schlauer Taktiker.«

»Darüber kann man unterschiedlicher Meinung sein.«

»Zweifellos. Ich empfinde da als Dänin.«

»Die Dänen haben von der deutschen Besatzung durchaus profitiert.«

»Dass ich nicht lache«, rief Britta.

»Dänemark wurde besetzt, stand jedoch damit auch unter dem Schutz der Deutschen«, fuhr Hoppe fort. »Und das hieß 1940, dass das Land nicht Kriegsschauplatz der Alliierten werden konnte. Kopenhagen ist nie bombardiert worden, auch alle anderen Städte blieben vom Krieg verschont. Hätte Deutschland den Krieg gewonnen, hätte Dänemark durch seine Sonderstellung unter allen besetzten Ländern erhebliche Vorteile genossen.«

»Dem deutschen Truppenaufgebot diesseits der Grenze standen in Dänemark lächerliche Verbände eines kleinen souveränen Staates gegenüber«, sagte Britta mit leicht zitternder Stimme. »Was hätten wir wohl anderes machen sollen, als die Kapitulation zu unterzeichnen?«

»Zweifellos ist das Problem des großen Nachbarn auch in diesem historischen Falle für die Dänen mal wieder zum Problem geworden. Aber das ändert nichts an der Tatsache, dass unsere Truppen den dänischen Boden nicht in feindlicher Absicht betraten, sondern nur die Neutralität Dänemarks schützen wollten, nachträglich.«

»Wie zynisch Sie sind.« Aus Brittas Augen sprühte Zorn.

Torben hatte sich zurückgelehnt und verfolgte den Wortwechsel mit Spannung. Seine Miene drückte Erstaunen aus, während er Britta musterte.

»Bei einem solchen Vater würde es mich nicht wundern, wenn man als Tochter meint, Schuld abarbeiten zu müssen.«

»Meine Tochter kannte keinerlei Schuldgefühl«, sagte Hoppe. »Sie war viel zu stolz, um sich für irgendetwas schuldig zu fühlen. Und was mich betrifft – ich habe mir in meiner Militärzeit nichts zu Schulden kommen lassen, wofür meine Nachfahren sich schämen müssten. Ich habe für meinen Vorgesetzten Doktor Best, den ich im Übrigen als korrekten, sachlichen und begabten Verwaltungsfachmann erlebt habe, Befehle einer legitimen deutschen Regierung ausgeführt.«

»Und dann, nach '45, wessen legitime Befehle haben Sie da ausgeführt?«, fragte Britta.

»Ich verstehe nicht, was Sie meinen.«

»Frau Madsen meint den Fall Heyde/Sawade«, nahm Marie den Ball auf. »Sie erinnern sich doch sicher.«

»Selbstverständlich erinnere ich mich an Professor Heyde. Bis Februar 1947 waren wir zusammen im Internierungslager Eselsheide in der Nähe von Paderborn. Wir haben uns oft unterhalten.«

»Wer war das?«, fragte Torben.

»Professor Doktor Heyde war der verantwortliche Psychiater für das Euthanasieprogramm der Nazis. Mehr als zehn Jahre lang hat er sich unter dem Namen Sawade in Schleswig-Holstein vor seinem Kriegsverbrecherprozess verstecken können«, erläuterte Marie.

»Und den kanntest du, Großvater?«

»Ich habe ihn Ende der vierziger Jahre in Kiel wieder getroffen«, sagte Hoppe mit leiserer Stimme. »Er hieß jetzt Sawade, Doktor Sawade. Er hatte sich, wie unzählige andere, falsche Papiere besorgt, arbeitete in einer Gärtnerei in der Nähe von Kiel.«

»Sie konnten ihm vermutlich behilflich sein.«

»Was haben Sie denn für eine Ahnung von den Zeiten damals? Was auch immer Heyde im Dritten Reich getan hatte, er tat es in dem Glauben, nur seine Pflicht zu erfüllen. Ich wusste nichts von seiner Verantwortung für das Euthanasieprogramm. Ich habe mich nie mit den Fragen von Psychiatrie und Medizin befasst. Ich bin Jurist.«

»Sie sagten, Sie hätten sich oft mit Heyde unterhalten.«

»Über allgemeine Dinge. Wir spielten zusammen Schach.«

»Sie haben sich also in Flensburg wieder getroffen, um Schach zu spielen?«, stocherte Marie.

»Als er hierher nach Flensburg kam, arbeitete er in Mürwik als Sportarzt. Er erzählte mir, dass er unter falschem Namen leben musste, weil die Amerikaner ihn verfolgten. Er war vom Oberbürgermeister der Stadt Flensburg persönlich eingestellt worden. Es gab keinen Grund für mich, an seinen Aussagen zu zweifeln. Es war, wie gesagt, nicht ungewöhnlich in dieser Zeit, dass verdiente Soldaten es für nötig hielten, ihre Identität zu verschleiern. Wir können gern über die Nürnberger Prozesse sprechen. Ich habe mich lange und gründlich mit der Gerichtsbarkeit der Alliierten auseinander gesetzt.«

»Aber du hast doch gewusst, dass dieser Mann ein alter Nazi war«, fiel Torben ein.

»Ihr Großvater war ja selbst ein alter Nazi«, sagte Britta.

»Britta, bitte«, sagte Marie leise. Dann wandte sie sich wieder an Hoppe. »Soweit ich weiß, hat Heyde beziehungsweise Sawade später sogar wieder als psychiatrischer Gutachter gearbeitet. Die Leute, die ihn deckten, konnten strafrechtlich nie belangt werden.«

Hoppe verzog keine Miene.

»Sie waren zu dieser Zeit bereits Richter am Landgericht Flensburg«, setzte Marie nach. »Oder?«

»Man konnte den Betroffenen keine Begünstigung nachweisen.«

Britta fing an, hysterisch zu lachen. »Aber den KPD-Mitgliedern, denen ebenfalls in dieser Zeit der Prozess gemacht wurde, denen konnte man spielend leicht ›Verunglimpfung der Bundesrepublik‹ nachweisen, ja?«

»Sie sehen das alles sehr emotional«, sagte Hoppe. »Das ist

nicht angebracht. Man muss diese Zeiten in ihrem Zusammenhang sehen, wenn man sie beurteilen will. Deutschland brauchte nach der Kapitulation seine Intellektuellen, um wieder funktionsfähig zu werden. Das wussten auch die Alliierten. Man konnte nicht schlichtweg alle einsperren, denen man einen Prozess hätte machen können. Das Leben ging weiter. Man brauchte jeden kompetenten Mann. Auch auf dem Gebiet der Psychiatrie und Neurologie. Viele gute Männer waren gefallen, viele waren ins Exil gegangen. Wer übrig blieb, war doppelt wichtig –«

»Hier geht es jetzt um Sie, Herr Hoppe«, warf Britta ein. »Man kann wohl davon ausgehen, dass am Sozialgericht in Schleswig und auch hier in Flensburg so ziemlich alle wussten, wer sich hinter dem Namen Sawade verbarg.«

Der alte Richter warf ihr einen seltsamen Blick zu. »Darum hat Heyde sich ja schließlich auch freiwillig gestellt. Ein befreundeter Arzt sagte mir damals: ›Nenn mir einen von uns, der es nicht gewusst hat.‹ – Ja, Torben, so war das damals.«

»Und Heyde/Sawade war nicht der einzige Fall, bei weitem nicht«, stellte Britta fest.

Torben schüttelte den Kopf. »Hat Mama deshalb nichts mehr mit dir zu tun haben wollen?«

»Deine Mutter hat sich für alle diese Dinge nie interessiert.«

»Aber warum habt ihr dann nicht mehr miteinander gesprochen?«

»Wir hatten uns nichts mehr zu sagen«, sagte Hoppe. »Ich habe mir verbeten, dass sie mein Haus noch einmal betritt.«

Torben sah seinen Großvater entsetzt an.

»Meine Tochter hat es mit der Wahrheit leider nicht immer ganz genau genommen. Ich weiß nicht, ob und von wem sie diese Arbeit abgeschrieben hat, aber dass sie es getan hat, kann ich mir leider sehr gut vorstellen. Meine Tochter hatte kein Format.«

Bei dem letzten Satz hatte sich Torbens Hand so fest in die Sessellehne gekrallt, dass die Knöchel weiß hervortraten. Britta machte einen Schritt nach vorn, zögerte kurz und legte dem jungen Mann dann eine Hand auf die Schulter. Torben sah einen Augenblick auf ihre Hand, dann in ihr Gesicht.

»Es ist wortwörtlich die Examensarbeit von Inga Blatt«, murmelte Marie leise.

Hoppe zuckte die Achseln. »Wenn Sie es sagen –« Hoppe nahm das Buch auf, das Marie auf seinen Schreibtisch gelegt hatte, und bedeckte es mit seinen großen Händen. »Ich würde das gern einmal lesen.«

»Wie schrecklich für Torben, das alles mitanzuhören«, sagte Britta, als sie wieder im Wagen saßen.

Marie nickte. Je länger sie sich mit diesem Fall befasste, desto bedrückender wurde er auch für sie. Irgendwohin hatten sie ja verschwinden müssen, die alten Nazis, nachdem sie aus ihren Führungspositionen in Verwaltung und Militär entlassen worden waren. In einer Stadt wie Hamburg begegnete man ihnen nicht. Sie verloren sich in ihren eigenen Kreisen, wie man auch selbst in seinen Kreisen verbleiben konnte, ohne sich darin beengt zu fühlen. Zudem starben sie nach und nach aus. Der Spuk war endgültig vorüber. Nicht allerdings für jemanden wie Elsa Knudsen-Hoppe oder Inga Blatt, die auf mehr oder weniger geheimnisvolle Weise verbunden blieben mit dieser Vergangenheit, und sei es nur deshalb, weil sie sie nicht restlos aufklären konnten. Aber während Elsa sich mit dieser Vergangenheit aufs Deutlichste hätte auseinander setzen können, weil ihr Vater leibhaftig da war, Rede und Antwort stehen und sich der Frage nach seiner Schuld stellen konnte, hatte Inga Blatt in ein Vakuum hineindenken müssen. Kinder, die ohne Vater aufwuchsen, pflegten den Abwesenden zu idealisieren und mit überzogenen Hoffnungen, vielleicht auch Ängsten zu besetzen. Eine beliebig auszumalende Projektionsfläche. Aber Inga Blatt hatte sich dennoch mit der Vergangenheit auseinander gesetzt. Und Elsa Knudsen-Hoppe hatte es nicht getan. Marie legte den Kopf in den Nacken und starrte ins Leere.

»Am liebsten würde ich jetzt direkt zurück nach Hamburg

fahren«, sagte sie schließlich, während Britta den Wagen aus der Parklücke manövrierte. Regen prasselte aufs Autodach, es war so dunkel, dass man die Scheinwerfer anschalten musste. »Vielleicht komme ich nächste Woche noch einmal her. Mit dem Zug.«

Britta bog in die Waitzstraße ein, die mit ziemlich starkem Gefälle in die Innenstadt hinunterführte. Die Straßen der Altstadt wurden überschwemmt von den Sturzbächen dieses irrsinnigen Wolkenbruchs. Von Ferne hörte man Donner grollen.

»Schade, heute Abend beginnt das Hofkultur-Festival. Das ist immer ein Ereignis im Sommer. In allen Höfen sind Musik- und Literaturveranstaltungen. Das hätte Tomkin sicher interessiert. Und uns hätte es etwas aufgemuntert.«

»Bei dem Wetter ist es bestimmt kein Vergnügen, draußen zu sitzen und zu feiern.«

»Die Höfe werden überdacht. In Flensburg ist man immer auf Regen eingestellt. Verdammt, kein Parkplatz vor dem Haus. Es scheinen ausnahmsweise mal alle da zu sein.«

Britta fuhr eine Ehrenrunde um den Margarethenhof, aber es gab tatsächlich keine einzige Lücke zwischen den parkenden Autos. Schließlich fuhr sie durch das enge Tor und stellte den Wagen genau vor dem Treppenaufgang ab.

Die Jacken über die Köpfe gezogen, stürmten die beiden Frauen ins Haus und gingen direkt in die Küche. Die ganze WG schien einträchtig um den Küchentisch versammelt zu sein. Marie warf ihre nasse Jacke über einen Stuhl und versuchte, sich die Hände an den ebenfalls schon ziemlich durchnässten Jeans zu trocknen. Sie sah in die Runde.

»Ist Tomkin nicht da?«

Alle waren in ihre Gespräche vertieft. Die Kinder krakeelten und stritten sich um ein Scrabble-Spiel.

»Tomkin?«, rief Marie und lief durch den Flur. Das Zimmer im ersten Stock, in dem sie übernachtet hatten, war immer noch leer. »Tomkin!«, rief Marie noch einmal und ging zurück in den Flur, sah hinter alle angelehnten Türen.

»Den habe ich heute noch gar nicht gesehen.« Ludger stakste langsam die Treppe hoch, seinen dreijährigen Sohn an den Händen vor sich herführend. »Ich dachte, ihr wärt gemeinsam unterwegs.«

»Er ist den ganzen Nachmittag über nicht aufgetaucht?«

»Er wird schon nicht untergegangen sein«, meinte Ludger, grinste und verschwand mit seinem kleinen Hosenscheißer im Badezimmer.

Kapitel 24

»Setz dich hier hin, Jens. Hier neben mich. Jetzt trinken wir einen auf unsere Vergangenheit. Gib Gläser.«

Knudsen angelte zwei Wassergläser aus dem Schrank in der Pantry. Die Frau, Inga, goss Wodka ein. Oder irgendetwas anderes Hochprozentiges, Klares aus einer hohen schmalen Flasche. Sie leerte ihr Glas in einem Zug und nötigte Knudsen, es ihr gleichzutun. Sofort füllte sie nach.

»Inga – doch, jetzt erinnere ich mich, natürlich.« Hinter der Stirn des Professors arbeitete es fieberhaft. »Wir sind zusammen zur Schule gegangen, nicht wahr? In die Klasse von Hansen, das war unser Klassenlehrer –«

Sie schüttelte den Kopf. »Ganz gewiss nicht. Du warst auf dem Alten Gymnasium, Jens, und ich war auf der deutschen Schule.«

»Auf der deutschen Schule … in Aabenraa?«

Der Regen hatte aufgehört, dafür war wieder Wind aufgekommen, trieb noch mehr Regenwolken vor sich her und jagte das Boot über hibbelige Wellen. Manchmal fegte eine Bö durch die offene Luke.

Tomkin lehnte auf dem Treppchen und hielt das Boot mit Hilfe einer Verlängerung des Ruders auf Kurs. Knudsen hatte den Außenbordmotor angeworfen. Er wollte in Sonderburg anlegen und übernachten. Und Tomkin und diese Inga sollten von dort aus mit dem Bus nach Haus zurückfahren.

Mit einem Auge hatte Tomkin die Wasserfläche im Blick, mit dem anderen beobachtete er abwechselnd die beiden Dänen in der Kajüte, die sich seltsamerweise auf Deutsch unterhielten. Vielleicht fühlte sich Knudsen im Dänischen nicht mehr richtig sicher. Inga schenkte immer wieder die Gläser voll und nötigte den Professor, sofort auszutrinken. Tomkin bot sie keinen

Schnaps an. Er hätte auch nichts angenommen. Wenigstens einer an Bord sollte doch wohl nüchtern bleiben.

Weit und breit war kein einziger Segler mehr unterwegs. Das Boot hatte inzwischen Broagerland fast umrundet. Auf den Hügeln neben dem Hafen von Sonderburg leuchtete die weiße Mühle bei den Düppeler Schanzen. Das übrige Ufer verschwamm im Regendunst. Es sah aus, als ob über Nacht Nebel aufkommen würde. Wenn nun abends kein Bus mehr nach Flensburg fuhr? Tomkin musste sich dringend bei Marie melden.

»Ich würde gern mal telefonieren«, rief er in die Kajüte hinunter. »Hat jemand ein Handy dabei?«

Knudsen fasste in seine Hemdtasche. Aber seine Hand kam leer wieder hervor. »Keine Ahnung, wo meins ist«, antwortete er zerstreut. »Auf dem Schulweg«, wiederholte er, sich wieder der Frau zuwendend. Seine Zunge war schon schwer vom Alkohol. »Ich kann mich einfach nicht entsinnen.«

»Und dann haben wir uns am Strand von Solitüde wiedergesehen. Hinter der kleinen Düne. Da, wo heute der Pavillon steht.«

»Dort habe ich Elsa kennen gelernt«, murmelte Knudsen. »Ich erinnere mich noch ganz genau an diesen Tag. Wir waren segeln, ein paar Kommilitonen und ich. Es war sehr schwül, deswegen haben wir am Anleger von Solitüde Halt gemacht, um baden zu gehen. War wirklich eine drückende Hitze.«

»Und Elsa und ich lagen am Strand – wir waren beide bei unseren Eltern zu Besuch. Das heißt, sie bei ihrem Vater und ich bei meiner Mutter in Aabenraa«, ergänzte Inga. »Ich besuchte Elsa in Flensburg. Ich sollte ihr helfen, weil sie für eine Prüfung büffeln musste.«

»Stimmt, sie war in Begleitung. Aber mir war nur Elsa aufgefallen, gleich nachdem ich aus dem Boot gestiegen war.«

»Sie verschwand plötzlich, ich suchte sie überall. Ich wollte heim. Es wurde dunkel und kühl. Schließlich kam sie angelaufen und sagte, ich solle allein fahren. Sie hätte jemanden kennen gelernt, sie würde noch am Strand bleiben.«

»Ja, das haben wir gemacht. Wir sind die ganze Nacht am Strand geblieben. Wir hatten uns so viel zu erzählen.«

»Und ich habe die halbe Nacht auf sie gewartet. Nicht, dass es das erste Mal gewesen wäre, dass sie eine Nacht mit einem Mann verbrachte. Aber diesmal bekam ihr Vater es mit. Es gab einen fürchterlichen Krach, als sie am nächsten Morgen nach Hause kam. Er hat sie regelrecht rausgeschmissen. Mit dem Lernen wurde es dann auch nichts mehr.«

Knudsen nickte versonnen. Tomkin war sich nicht sicher, ob er überhaupt zugehört hatte. Aber dann sagte er: »Es war ihr ganz egal. Mir auch. Wir waren total verliebt. Wie im Traum habe ich ein paar Tage später meine Berufungsverhandlungen in Hamburg geführt. Im September fuhren Elsa und ich zusammen meine Eltern besuchen, die auf Fünen in ihrem Sommerhaus Urlaub machten. Dort haben wir verkündet, dass wir heiraten wollten.«

»Elsa zog binnen drei Wochen aus unserer gemeinsamen Wohnung in Kiel aus.«

»Stimmt, an die Wohnung erinnere ich mich noch vage. Ich habe ihr beim Umzug geholfen.«

»Und wie du ihr geholfen hast. Du konntest gar nicht schnell genug ihre Sachen zusammenwerfen und sie mitnehmen. Ein Kind hattest du ihr damals auch schon angehängt, nicht wahr?«

»Torben wurde im Juni 1980 geboren. Im Dezember '79 hatten wir geheiratet.«

»Ich war zur Hochzeit nicht eingeladen.«

»Wir haben gar nicht gefeiert. Wir sind gleich nach der Trauung weggefahren. Wir waren sehr glücklich zu dieser Zeit«, sagte Knudsen versonnen lächelnd.

»Ja, Elsa war ein Glückskind.«

Die Häme in diesem kurzen Satz war unüberhörbar. Knudsen sah aus, als wäre er geohrfeigt worden. Er öffnete den Mund und holte tief Atem. Seine Gesichtsfarbe wechselte, er wurde so blass, dass es trotz seiner gebräunten Haut auffiel. »Inga«, murmelte er dann. »Deine Stimme kenne ich doch von irgendwoher. Von früher. Nicht von der Schule, vom Schulweg«, murmelte er. »Vom gemeinsamen Schulweg …«

»Schon damals hast du mich nie richtig erkannt. Du hast mich nicht gesehen. Übersehen, sagt man wohl dazu.«

»Du bist die kleine Inga aus der Persillegade.«

»Gar nicht schlecht. Jetzt fällt es dir wieder ein, wie?«

»Inga Blatt.«

»›Inga Blatt, dich machen wir platt‹, ›Hitler satt mit Inga Blatt‹«, zitierte Inga mit geschlossenen Augen.

Sie hatte ihre Stimme etwas angehoben, eine Kinderstimme sprach aus ihr. Ganz ohne Modulation, ohne Bewegung. Einmal, zweimal, dreimal. Knudsen bat sie aufzuhören, aber sie wiederholte den Spruch nur noch lauter, bis er sich die Ohren zuhielt.

»Daran erinnerst du dich, Knudsen, nicht wahr? Wie ihr alle dagestanden habt, eine ganz Bande von Jungs, wie ihr durch die Gassen der Altstadt von Aabenraa getobt seid, um mir nachzurufen. Immer wieder, jeden Tag, den ganzen Heimweg von der Schule bis nach Hause. Du warst ihr Anführer. Du konntest am besten Deutsch. Nein, wir waren nicht auf derselben Schule, Knudsen. Niemals. Du warst auf der guten Schule, auf der dänischen, und ich war auf der bösen Schule, der deutschen. Ihr wart die guten Menschen, ihr wart Dänen, und ich war ein böser Mensch, eine Deutsche. Deutsche stinken, habt ihr gesagt. Ihr habt eine Impfung gegen mich erfunden. Weißt du noch? Die Blattsche Krankheit, hieß das. Die Blattern. Die etwas schlichter gestrickten Naturen haben sich damit begnügt, mich eine Nazisau zu schimpfen. Nazisau haben sie gerufen, wo immer ich auftauchte. Ihr wusstet kaum, was das war, ein Nazi. Auch ich wusste nicht, was es war. Meine Mutter schlug mich, als ich sie danach fragte. ›Nimm dieses Wort nie wieder in den Mund‹, rief sie. Ich konnte ja nicht ahnen, was man mit ihr gemacht hatte nach Kriegsende. Sie hat es mir erst jetzt erzählt, vor ein paar Monaten. Den Schädel hatten sie ihr kahl rasiert. Durch die ganze Stadt hat man sie getrieben. Wie eine Soldatenhure.

Als Kind habe ich nur begriffen, dass ich sie nie wieder danach fragen durfte. Erst später, viel später in Deutschland, habe ich angefangen, systematisch zu fragen, wer die Nazis eigentlich gewesen waren und was sie alles verbrochen hatten.«

»Es tut mir Leid. Kinder können sehr grausam sein. Wir wussten ja nicht, was wir taten.«

Inga erhob sich, suchte sich schwankend einen festen Stand und schenkte dann den Rest aus der Flasche in die Gläser.

»So einfach entschuldigen wir uns heute nicht, Knudsen. Nicht nach allem, was geschehen ist.«

»Ich weiß ja nicht, was alles geschehen ist in deinem Leben. Ich habe keine Ahnung.«

»Eben«, sagte Inga und prostete ihm zu. »Viel zu wenig ist geschehen. Eine wie ich, die kein Recht auf ihr Leben hatte, die mit einer so schweren Last ins Leben geschickt wurde, der kann nicht mehr viel geschehen. Das ist aber auch der Vorteil, den man hat, wenn man zu den Schuldigen gehört. Es kann nicht mehr schlimmer kommen. Es ist schon alles entschieden. Auch Elsa gehörte zu den Schuldigen. Aber auch zu den Gewinnern. Das ist das große Rätsel, das ich gerne lösen würde.«

Knudsen trank sein Glas leer. Danach ließ er es einfach fallen und stützte den Kopf auf beide Hände. Der Schnapsstampfer rollte unter die Pritsche. »Warum?«, fragte er nach einer Weile. »Warum nur musste sie sterben?«

Inga schwieg. Sie hatte sich wieder hingesetzt, die leere Flasche noch immer in der Hand. Auch sie schien einen Augenblick lang nicht weiterzuwissen. »Warum ich und nicht sie?«, sagte sie schließlich. »Warum habt ihr mich angegriffen und sie nicht?«

Knudsen sah auf. »Ich weiß es nicht. Sie war so schön, so wunderschön. Warum hätte ich sie denn angreifen sollen?«

Für einen kurzen Augenblick hob der Regen wieder an, prasselte ein Weilchen kräftig aufs Deck, dann war es wieder still. Nur das gleichmäßige leise Tuckern des Außenborders brummte in ihren Ohren.

»Ich muss mal raus«, murmelte Knudsen. »Bin gleich wieder da.«

»Ich habe einundfünfzig Jahre gebraucht, um meinen Vater zu finden«, sagte Inga. Ihre Zunge war schwer. »Ich habe mein ganzes Leben gebraucht, um zu erfahren, dass er ohne Schuld ist.«

Knudsen kämpfte mit dem Gleichgewicht. Er hielt sich mit beiden Händen an der Luke fest, um Schwung zu nehmen für die drei Treppenstufen.

»Bleib hier, Jens, ich bin noch nicht fertig«, rief Inga. »Das Wichtigste kommt erst noch.«

»Ich bin gleich wieder da«, wiederholte Knudsen und schwang sich an Deck.

»Das haben die anderen auch immer gesagt«, flüsterte Inga. »Keiner wollte es so genau wissen. Und alle haben sie mitgemacht. Und ich habe mich nie gewehrt.« Inga starrte Tomkin mit großen Augen an. »Verstehen Sie das? Warum hat er mich angegriffen und Elsa geheiratet? Warum wird ihr verziehen und mir nicht? Wer sind Sie überhaupt? Wir haben uns doch schon mal gesehen ...«

»Tomkin Quest«, stellte Tomkin sich vor und setzte sich neben die Dänin auf die Pritsche. »Ich war gestern mit meiner Freundin Marie und Britta Madsen bei Ihnen in Apenrade. Ich bin mehr oder weniger zufällig hier.«

»Es gibt keine Zufälle«, sagte Inga und versuchte, aus der leeren Flasche noch mal einzuschenken. Sie reichte Tomkin das leere Glas.

»Nein danke, ich möchte lieber nicht.«

»Trinken Sie«, beharrte sie. »Ich trinke sonst auch keinen Alkohol. Aber heute will ich feiern. Mein Leben ist nur noch eine Kleinigkeit. Wissen Sie, was ich meine?«

Tomkin musste lächeln über die Formulierung. Die Frau war vollkommen betrunken. Er nahm ihr die leere Flasche ab.

»Wollen Sie sich nicht ein bisschen hinlegen? Sie können sich ja gar nicht mehr auf den Beinen halten.«

»Ich bin noch nicht fertig mit ihm. Wo bleibt der Kerl denn. Der kann doch nicht einfach so abhauen.«

Tomkin erhob sich. »Ich gehe mal nachschauen. Aber bleiben Sie schön hier unten, sonst fallen Sie uns noch ins Wasser.«

Tomkin krabbelte auf allen vieren die Kajütentreppe hoch und sah sich um. Ein dramatisches Wolkenungetüm stand über ihnen am Himmel. Die Luft roch schwefelig. Von Knudsen keine Spur.

Kapitel 25

Als der Regen ein wenig nachließ, borgte Marie sich einen großen, bunt gestreiften Schirm aus der Garderobenecke und marschierte über den Parkplatz zur Hafenspitze. Die Luft hatte sich durch den Regen und das Gewitter rapide abgekühlt, heftige Windböen zerrten an dem riesigen Schirm, unter dem leicht die ganze Wohngemeinschaft des Margarethenhofs Platz gefunden hätte.

Panische Unruhe hatte sie aus dem Haus getrieben. Sie konnte sich absolut nicht vorstellen, wo Tomkin stecken mochte. Wenn ihm nun etwas zugestoßen war? Er war nicht der Typ, der einfach so verschwand. Er war zuverlässig. Sie hatten sich in all den Jahren immer aufeinander verlassen können.

Mit raschen Schritten überquerte sie den großen Platz mit dem halb aufgebauten Riesenrad. Die Fischbude war inzwischen geschlossen. Der nasse Asphalt der Fahrbahndecke von Süderhofenden glänzte silbern in der Sonne, die eben über der westlichen Höhe durch die Gewitterwolken blitzte. Dabei tropfte es noch immer auf ihr Schirmdach. Sonntagsspaziergänger, die sich während der ärgsten Schauer irgendwo untergestellt hatten, eilten nach Hause. Es mochte auf acht Uhr zugehen. Tagesschauzeit.

Marie blieb unschlüssig an der Hafentreppe stehen und beobachtete die Schwäne, die zwischen den Yachten herumpaddelten. Regen machte ihnen nichts aus. Aber sie schienen schon müde zu sein und suchten sich nach und nach einen ruhigen Platz zum Schlafen.

Der Wassergarten des *Café Bellevue* lag fast verlassen dar. Ein Kellner stand hinter dem Tresen, der in der Mitte des Pontons aufgebaut war. Obwohl alle Tische mit wasserfesten Schirmen überdacht waren, saß kein einziger Gast mehr an den Tischen.

Im Restaurant dem Wassergarten gegenüber sah es anders aus. Es schien voll besetzt zu sein. Im vorderen Teil war ein Café untergebracht, in dem noch freie Tische zu sehen waren.

Die ganze Anlage erinnerte Marie an die Schickeria-Cafés aus Hamburg – auch das Publikum schien anders zu sein als in den Kneipen, die sie um den Nordermarkt herum gesehen hatte. Vielleicht hatte Tomkin der Laden trotzdem angezogen, wegen des schönen Blicks auf die Altstadt auf der anderen Seite der Förde zum Beispiel. Oder wegen der Segelboote, die direkt vor den Fenstern an einem Steg dümpelten. Gastsegler, aber auch ein paar Einheimische hatten hier festgemacht. Man konnte es an den Fähnchen erkennen. Aber Marie hatte zu wenig Ahnung, um die Fahnen und Flaggen richtig zuordnen zu können. Tomkin konnte das viel besser.

Sie betrat das Café, und eine Welle von Optimismus erfasste sie, während sie blitzschnell die Tische mit den Augen absuchte. Bestimmt saß er hier irgendwo. Verschanzt hinter einem Buch oder mit Block und Stift Ideen sammelnd, Gesprächsfetzen, Skizzen oder Gedankenblitze aufzeichnend. Ständig kamen und gingen Gäste, es gab viel zu gucken und doch ein paar ruhige Ecken, wo man ungestört nachdenken und schreiben konnte. Aber auf den ersten Blick war er nirgendwo auszumachen. Marie stellte ihren tropfenden Schirm in den Ständer unter der Garderobe und hängte ihre klamme Baumwolljacke an einen Haken darüber. Dann setzte sie sich an den einzigen freien Tisch am Fenster.

»Ich hätte gern einen Tee mit Zitrone. Und sagen Sie«, stoppte sie die Kellnerin, die sich schon halb umgedreht hatte, »haben Sie hier heute einen Mann Mitte dreißig gesehen, der vielleicht etwas aufgeschrieben oder ein Buch gelesen hat? Allein? Rote Haare, groß, sommersprossig. Er spricht Deutsch mit einem leichten englischen Akzent.«

Die Kellnerin sah Marie misstrauisch an. Exakte Personenbeschreibungen klangen für die Leute meistens nach Spitzelei. Sie schüttelte den Kopf. »Keine Ahnung. Ich bin erst seit einer halben Stunde hier. Meine Kollegin aus der Tagschicht hat schon Feierabend.«

»Schade«, sagte Marie. »Dann nehme ich vielleicht doch keinen Tee. Danke.«

Sie erhob sich rasch und ging zurück zur Garderobe. Über ein Treppchen gelangte man ins Restaurant, in dem es von Stimmen summte. Es war warm darin, die untergehende Sonne stand voll auf den Scheiben. Marie ging langsam von Tisch zu Tisch. Immer langsamer, je näher sie dem Ende des Raumes kam. Von Tomkin keine Spur. Angst und Verzweiflung kamen zurück, ein bisschen heftiger als vorher. Sie musste sich zwingen, nicht endgültig in Panik zu geraten. »Er ist ein freier Mann und kann kommen und gehen, wann er will«, murmelte sie tonlos, während sie wieder in ihre klamme Jacke schlüpfte und nach dem Schirm griff. Aber sie wusste, sie würde jetzt keine Ruhe mehr haben. Es war sinnlos, sich hier hinzusetzen und zu warten. Auf was? All ihre Alarmsysteme schrillten.

Vor der Tür wandte sie sich nach rechts und begann mit großen Schritten den Uferweg stadtauswärts zu gehen.

Kapitel 26

Irgendwie hatte Tomkin es geschafft, den Motor abzuwürgen. Die Stille war unheimlich. Er lauschte. Das Boot schien in einem Strudel zu trudeln, aber das täuschte. Es lag ganz ruhig und sicher auf dem Wasser, das in sanften Wellen gegen den Bug schwappte. Sonst hörte man nichts.

»Knudsen«, brüllte Tomkin, beide Hände zu einem Trichter an den Mund gelegt. »Professor Knudsen!«

Keine Antwort. Es war schon zu dämmrig, um auf der Wasserfläche noch viel erkennen zu können. Wie weit mochten sie gefahren sein, nachdem der Mann über Bord gegangen war? Ein paar Meter, ein paar hundert Meter? Einen Kilometer? Welche Chance gab es da noch, ihn zu finden?

Vielleicht hätte er den Motor nicht ausstellen, sondern stattdessen umkehren sollen, um dem Schwimmer entgegenzufahren. Aber konnte Knudsen überhaupt noch schwimmen? Nach der Menge Alkohol? War das Wasser nicht viel zu kalt, um zu schwimmen?

Tomkin lehnte sich gefährlich weit über den Bootsrand und ließ eine Hand in die Wellen sinken. Es war frisch, aber nicht eiskalt. Vielleicht sechzehn oder siebzehn Grad. Das hielt man schon eine Weile aus.

»Was ist denn los?«, fragte Inga, die hinter ihm an Deck gekommen war. »Wo ist Jens?«

»Weg. Über Bord.«

Inga richtete sich auf, stieg schwankend, aber blitzschnell aufs Kajütendeck und umarmte den Großmast, um nicht umzufallen. Die kurzen Wellen waren tückisch.

»Wohin?«, fragte sie blöd.

»Weiß ich doch nicht!« Panik erfasste Tomkin. Wie sollte er allein mit diesem verdammten Schiff fertig werden? Er war kein guter Praktiker. Er fuhr schlecht Auto. Er hatte kein Ohr für Motoren und vor allem kein Händchen. Von Segelbooten ganz zu schweigen. Ein Ruderboot oder Tretboot war das Äußerste, was er sich zutrauen würde an Land zu schaffen.

»Ruf Hilfe«, murmelte Inga. »Gibt es denn hier kein Funkgerät?«

Sie hatte Recht. Tomkin verschwand in der Kajüte und fand die Taschenlampe auf den Sitzen. Die Batterien waren nicht mehr besonders stark. Ein Funkgerät war nicht zu finden. Auch Knudsens Handy lag nirgendwo herum. Zum ersten Mal im Leben verfluchte er seine ablehnende Einstellung gegenüber Mobiltelefonen. Er schwor, sich zu bessern. Einen Augenblick lang stellte er sich vor, wie Marie irgendwo an Land auf ihn wartete oder ihn suchte. Das nahm ihm erst recht den Mut. Er kletterte wieder an Deck.

»Hallo!«, brüllte Inga in die laue Nacht. »Jeeeens! Wo steckst du?«

Keine Antwort.

»Schmeißen wir den Motor wieder an und holen Hilfe«, sagte Tomkin und versuchte den Außenborder zu starten. Vergeblich. Genauso gut hätte man von ihm verlangen können, die Segel zu hissen. »Kennen Sie sich ein bisschen mit der Technik aus?«, fragte er hilflos nach hinten gewandt.

Inga schüttelte den Kopf. Sie kam sehr vorsichtig vom Kajütendeck herunter und ließ sich auf der Kante der Sitzbank nieder, wo Tomkin noch vor einer Weile Knudsen gegenüber gesessen hatte. »Jens hatte doch eine Schwimmweste an, oder? Ich erinnere mich nicht mehr so genau.«

»Doch, genauso eine wie ich. Untergehen kann er damit wohl nicht. Aber ich weiß nicht, wie lange man es aushält im kalten Wasser.«

Das Ufer war vielleicht gar nicht so weit entfernt, links von ihnen sah man kleine Lichter durch den Dunst blitzen. Aber sicher war es viel zu weit, um in der Dunkelheit dorthin zu schwimmen. Nicht mal ein geübter Schwimmer hätte das gewagt.

Gerade der nicht, denn der hätte die Gefahren der aufgewühlten See vermutlich noch ernster genommen.

Tomkin suchte immer wieder die Wasseroberfläche ab. Zwischen den Wellen war nichts zu erkennen, kein Kopf, kein Schwimmer, der um sein Leben kraulte. Knudsen war spurlos verschwunden.

Kapitel 27

Gegen sechs Uhr morgens hielt Marie es nicht mehr aus, sich zwischen den Laken zu wälzen. Sie hatte das Gefühl, die ganze Nacht über kein Auge zugetan zu haben. Sie tappte aus dem Bett über den kalten Dielenboden und vermisste heftig ihren Koffer – Tomkins Koffer, mit dem er vor ein paar Tagen aus London rübergekommen war und in den Marie einfach ihre paar Sachen mit hineingeschmissen hatte. Er war mit dem gestohlenen Wagen wer weiß wo gelandet. Wie gern zöge sie jetzt die dicken Wollsocken an, die sie im letzten Augenblick noch eingepackt hatte. Mit warmen Füßen konnte sie manchmal noch ein bisschen Schlaf finden, wenn sonst nichts ging. Auf dem Flur fand sie ein paar eiskalte, ausgetretene Lederschlappen und schlurfte die Treppe hinunter in die Küche.

Die Morgensonne schien schon kräftig durch die Fenster und spiegelte sich grell in den kleinen Regenpfützen auf dem Dach der Toreinfahrt. Die Blätter der Kastanie sahen aus wie lackiert. Das abendliche Unwetter hatte die Luft gereinigt und einer frischen Sommerbrise Platz gemacht. Marie lehnte sich auf die Fensterbank und starrte in die Blätter, versuchte, deren glitzernde Bewegungen und die Schattenspiele, die sie verursachten, zu verfolgen. Taub vor Müdigkeit und gelähmt von der Angst, dass Tomkin etwas passiert sein könnte – sein *musste* –, fiel ihr keine Erklärung mehr ein, weshalb er seit nun fast vierundzwanzig Stunden verschwunden war ohne sich bei ihr zu melden. Außer einer schrecklichen Katastrophe. Und selbst für die fehlte ihr im Augenblick jede Erklärung.

Widerwillig riss sie sich von den Schattenspielen los, füllte Wasser in den großen Kessel und setzte ihn auf den Herd. Er fasste mindestens eineinhalb Liter, ein Kessel für eine Großfamilie.

Sie setzte sich an den Tisch, bis das Wasser kochte. Es kam ihr endlos lange vor. Ihre Augen brannten vor Müdigkeit, aber sie wusste, dass sie keinen Schlaf mehr finden würde. Sie goss sich einen starken Kaffee auf und trank ihn mit viel Zucker im Stehen, in ganz kleinen Schlucken. Dann ging sie zurück in ihr Zimmer und zog sich an.

»Seit gestern, Samstagmorgen, halb elf Uhr«, wiederholte der Beamte, während er notierte. »Ich verstehe. Nein, ein Unfall wurde nicht gemeldet letzte Nacht. Nur ein paar verstopfte Gullys von dem Unwetter. Aber haben Sie schon mal beim *Journal* vorbeigeschaut?«

Marie schüttelte den Kopf. »Was soll ich in einer Zeitungsredaktion?« Sie zog ihre Jacke fester um sich. Es war kalt hinter den dicken Mauern des Polizeireviers, obwohl die Morgensonne auch hier vor den Milchglasscheiben blitzte. Aber ihre Wärme reichte nicht bis in den Raum hinein. Marie fror bis ins Mark.

»Das ist keine Zeitung, obwohl wir so eine auch in Flensburg haben. Das *Journal* ist unser Lumpensammler, eine Kneipe unten an der Schiffsbrücke. Die fangen erst am späten Abend an und halten dann auf, solange noch jemand am Tresen hockt. Über kurz oder lang landen sie dort alle, die, die nicht genug kriegen können. Sind Sie irgendwie erreichbar?«

Marie gab dem Beamten ihre Handynummer und prüfte, ob das Gerät eingeschaltet war. Das hatte sie die ganze Nacht über immer wieder überprüft. Der Akku war geladen, die Anzeige bedeutete Empfangsbereitschaft. Sie war ständig erreichbar.

»Wenn wir was hören, melden wir uns sofort, Kollegin. Kann ja nichts passiert sein, meistens ist nichts passiert. Der taucht schon von ganz allein wieder auf.«

Sein Trostversuch wirkte hilflos und ein bisschen peinlich, aber Marie war es egal. Sie nahm es als nette Geste und versuchte ein Lächeln, ehe sie die Sicherheitsglastür hinter sich ins Schloss zog.

Die Sonne hielt sie zum Narren, als sie wieder vor dem Tor auf

Süderhofenden stand. Ein Sommertag wie aus dem Bilderbuch. Kein Wölkchen am Himmel. Die Schwäne ruderten mit erhobenen Köpfen auf dem blaugrau schimmernden Wasser der Förde, als hätten sie sich für den Sonntagmorgen extra weiß herausgeputzt. War vor der knappen Viertelstunde, als Marie sich auf den Weg ins Präsidium gemacht hatte, noch niemand auf den Beinen gewesen, so kamen ihr jetzt von überall her Leute entgegen – Ausflügler, die das schöne Wetter so früh wie möglich ausnutzen wollten, Sonnenhungrige, Touristen. Ein Schiffer mit Frau und Kind machte sich auf der *Möwe* zu schaffen, die in der Brise an ihrem Landeplatz sanft hin und her schaukelte. Um zehn Uhr sollte die erste Rundfahrt beginnen. Zeit genug, um das Motorschiff auf Hochglanz zu bringen.

Marie fasste jeden, der ihr entgegenkam, fest ins Auge, als wollte sie prüfen, ob er wusste, wo Tomkin steckte. Vielleicht war gerade er ihm in der vergangenen Nacht irgendwo begegnet. Von Zeit zu Zeit tastete sie in der Jackentasche nach dem Handy. Es war noch da.

An der Neuen Straße wechselte sie vom Kai auf die andere Straßenseite und studierte die Namen der Kneipen, die sich hier aufreihten. Es fing an mit *Hansens Brauerei*. Die Gaststätte war noch ordentlich verschlossen, Tische und Stühle auf der Terrasse schön aufgeräumt und bereit fürs Sonntagsgeschäft. Es folgte ein irischer Pub, ein paar Clubs, ein Fischrestaurant, ein Grieche. Aber dann tauchte gleich hinter dem *Eros-Center* die schwarz und silbern gestrichene Fensterfront des *Journal* auf. Marie konnte sich nicht ernsthaft vorstellen, dass Tomkin hier sitzen würde, ohne ihr Bescheid gegeben zu haben. Oder am vorigen Abend auch nur eine Stunde hier verbracht haben könnte. Früher hatte sie zeitweise Beziehungen zu Männern gehabt, die damit argumentierten, dass sie ihre Freiheit bräuchten und nicht Rechenschaft ablegen würden darüber, wo und wie lange sie sich irgendwo aufhielten. Nicht dass Marie das so brennend interessiert hätte. Aber sie ließ sich nicht gern von Sorgen quälen. Diese Zeiten und Beziehungen waren allerdings lange vorbei.

Tomkin hatte niemals einen Grund gesehen, sie bewusst darüber im Unklaren zu lassen, wo er steckte. Wenn er jetzt hier sitzen würde, wohlbehalten, leicht angesoffen – sie würde es einfach nicht glauben können.

Tatsächlich saß Tomkin nicht am Tresen der Absturzkneipe. Es war überhaupt niemand mehr dort. Das Personal war damit beschäftigt, die Tische abzuwischen und die alten, schäbigen Stühle gerade zu rücken. Die letzten Nachtschwärmer waren vermutlich eben nach Hause gegangen. Die Uhr der St.-Jürgen-Kirche hoch oben auf dem anderen Fördeufer zeigte sieben Uhr fünfundzwanzig. Man musste schon einen verdammt langen Atem haben, um eine nächtliche Sause bis zu dieser Stunde auszudehnen. Unschlüssig wandte Marie sich wieder nach Süden. Sie sollte zurück zum Margarethenhof gehen. Vielleicht hatte Britta eine Idee, wo sie suchen könnten. In dem Augenblick klingelte ihr Handy.

Kapitel 28

Irgendetwas schlug in regelmäßigen Abständen gegen seinen Kopf, dachte Tomkin, als er erwachte. Es tat weh, es pochte, stellte er schließlich fest – nachdem er einen Augenblick gebraucht hatte, um zu kapieren, wo er war, nämlich auf dem Boden der Kajüte, ohne Kissen, ohne Decke –, doch von außen schlug nichts gegen seinen Kopf. Innen drin war etwas nicht ganz an seinem Platz. Tomkin zog sich an der Bank hoch und richtete sich vorsichtig auf. Die Kopfschmerzen nahmen zu. Er musste gestürzt sein. Genau wie Inga Blatt. Er sah sich um. Wo war die Frau? Sie hatte plötzlich wie tot unten an der Kajütentreppe gelegen. Irgendwann hatte Tomkin es aufgegeben, sich um sie zu kümmern. Er hatte ihr alle verfügbaren Decken übergeworfen und ein Kissen unter den Kopf geschoben, das er irgendwo aufgetrieben hatte. Dann hatte er sich selbst auf die Bank schlafen gelegt. Vermutlich war er irgendwann heruntergerollt und hatte dabei ordentlich eins auf den Schädel bekommen.

Er stand auf und versuchte breitbeinig, sein Gleichgewicht zu finden. Ein schmaler Sonnenkeil fiel durch die offene Tür in die Kajüte. Der Sturm hatte sich gänzlich gelegt, das Schiffchen schaukelte sachte auf dem Wasser. Es war still bis auf das Klatschen der Wellen an den Bug und das Klopfen des Taus gegen den Schiffsrumpf. Vorsichtig machte Tomkin sich auf den Weg an Deck.

»Guten Morgen«, sagte eine klare, ihm im ersten Augenblick völlig fremde Stimme von irgendwoher. Tomkin dachte an Marie. Wie ein Blitz schoss ihm der Gedanke durch den Kopf, dass sie immer noch ohne Nachricht von ihm war.

»Guten Morgen«, erwiderte er und drehte sich zu der Dänin um, die hinter ihm auf dem Kajütendach in der Sonne saß. »Sie leben also noch.«

»Oh ja. Ich hatte auch noch nicht vor, damit Schluss zu machen.«

»Gestern Abend sah das aber fast so aus«, murmelte Tomkin. Er ließ den Blick schweifen. Wasser, nichts als Wasser um sie herum. Nur wenn er die Hand über die Augen legte, konnte er unter dem Dunst am Horizont einen Streifen Land erkennen. »Ist das da Dänemark?«

Inga zuckte die Achseln. Sie lächelte spöttisch. »Sie sind wohl eine komplette Landratte, wie? Ich habe auch keine Ahnung, wo wir sind.«

»Ungut«, sagte Tomkin trocken.

Inga schwieg und starrte in die Ferne. Sie trug ihren komischen Popelinmantel, den sie wie einen Panzer um sich festgezurrt hatte. Der Wind war noch frisch, aber die Sonne stand schon hoch am Himmel, und sie musste in dem Mantel schwitzen wie unter einer Daunendecke.

Tomkin fasste sich ans Handgelenk. Seine Uhr war nicht da. Vermutlich hatte er sie im Margarethenhof liegen gelassen. »Wissen Sie, wie spät es ist?«

Kopfschütteln.

»Haben Sie vielleicht Knudsens Handy gefunden?«

Inga drehte sich ganz herum, sodass sie genau vor Tomkin stand. »Dann hätte ich es bestimmt längst benutzt. Aber wir werden schon nicht verloren gehen. Tagsüber sind immer viele Segler auf dem Wasser. Irgendeiner wird uns schon auffischen. Haben Sie auch solchen Hunger? Soll ich uns was zu essen machen?«

»Keine schlechte Idee. Besser noch fände ich es allerdings, wenn wir es irgendwie schaffen könnten, das Boot klarzumachen. Ich würde ganz gern demnächst das Festland betreten.«

»Ich habe keine Ahnung vom Segeln.« Inga erhob sich und drückte sich an Tomkin vorbei die Treppe hinunter.

Tomkin musterte ratlos die Holme und den Mast. Abgesehen davon, dass er nicht die geringste Vorstellung davon hatte, wie man auf so einem Boot die Segel setzen musste, hätten ihnen die vermutlich auch nicht viel genutzt an diesem Morgen. Nach dem heftigen Sturm am vergangenen Abend herrschte jetzt völlige Flaute. Kein Lüftchen regte sich. Man musste es erlebt haben, sonst glaubte man nicht, wie windstill es auf dem offenen Meer sein konnte. Ein Alptraum. Nur dieser beschissene Außenbordmotor, mit dem er in der Nacht schon erfolglos gekämpft hatte, könnte sie jetzt an Land bringen. Wenn genug Benzin an Bord war, konnten sie damit bald in Sicherheit sein. Es sei denn, sie liefen irgendwo auf ein Riff oder einen Felsen auf.

Tomkin drückte alle möglichen Knöpfe und Hebel, schaffte es auch, dass der Anlasser ansprang und nudelte. Aber weiter passierte nichts. Als wäre irgendwo etwas unterbrochen.

»Verdammt«, schimpfte er laut. »Gibt es auf dieser blöden Kiste denn kein Ruder oder Paddel? Damit könnte ich umgehen.«

Natürlich erhörte ihn niemand. Ein Ruder fand sich nirgends an Bord, nur ein langer Haken, der für wer weiß was nütze war. Die Sonne glühte und brannte ihm heiß und kräftig auf Kopf und Schultern. Er fing an zu schwitzen, während er auf dem Boot herumstieg, und spürte, wie ihm der Schweiß an der Wirbelsäule hinunterlief.

Als er am Kajütenfenster vorbeikroch, stieg ihm verführerischer Kaffeeduft in die Nase. Er blieb einen Augenblick davor hocken und sah, wie Inga an einem Radio drehte. Gab es doch eine Funkanlage an Bord? Natürlich, warum war er darauf nicht gekommen? Sie war bestimmt mit dem Radio gekoppelt. Sie würden einfach einen Notruf absetzen, SOS, irgendwer würde sie schon hören. Schnell stieg er hinunter in die Kabine.

Inga hatte ein Tischchen aus der Versenkung geholt und zwei Becher mit Kaffee darauf gestellt. In der Mitte stand eine Pfanne, in der ein paar Eier brutzelten. Tomkin setzte sich und beobachtete Inga, die immer noch mit dem Radio beschäftigt war.

»Ich kriege keinen Sender rein«, sagte sie, als sie Tomkins aufmerksamen Blick bemerkte. »Ich dachte, wir könnten vielleicht wenigstens den Wetterbericht hören. Wollen Sie mal versuchen?«

Kapitel 29

»Nein«, sagte Marie und schüttelte den Kopf. »Nein, nein, das ist er nicht! Das ist Knudsen, Professor Jens Knudsen, um Himmels willen.«

Sie sah in die Runde. Zwei Schutzleute standen rechts und links neben ihr und hielten sie leicht am Arm fest. Britta war ganz dicht hinter ihr. Sie hatte ihr beide Hände auf die Schultern gelegt und redete beruhigend auf sie ein. Marie verstand nicht, was sie sagte. Gegenüber, auf der anderen Seite der Trage, standen zwei Sanitäter. Am Kopfende kontrollierte der Notarzt die aufgebauten Apparaturen. Der Mann auf der Trage war bis zum Hals in eine Thermohülle eingepackt, die wie Alufolie aussah. Alle starrten Marie an.

»Das ist Professor Knudsen aus Hamburg. Das ist nicht Tomkin Quest, mein Lebensgefährte.«

»Sind Sie sich ganz sicher?«, fragte der Arzt.

Als Marie nickte, drehte er sich weg, um den Namen des Verunglückten in seine Unterlagen einzutragen. Dann baten die Sanitäter die Umstehenden zurückzutreten, damit die Trage mit dem Bewusstlosen in den wartenden Hubschrauber verfrachtet werden konnte.

»Wohin bringen Sie ihn?«, fragte Marie.

»In die Diako.«

»Wird er durchkommen?«

»Wird schon werden«, meinte der Arzt. »Er muss die ganze Nacht im Wasser gelegen haben. Zum Glück haben wir fast neunzehn Grad Wassertemperatur. Und er hat eine gute Konstitution. Die Kopfverletzung ist nicht so tragisch. Vermutlich keine Fraktur.«

»Woher könnte die stammen?«

»Sieht aus, als hätte er einen Großbaum an den Kopf bekommen. So einen Fall hatten wir letzte Woche drüben bei Kalkgrund. Aber der war gleich tot.«

»Wie passiert so was?«

»Typischer Pinkelunfall, würde ich sagen. Womöglich war Alkohol im Spiel.«

»Na, bei dem Wetter gestern Abend«, sagte einer der Beamten. »Wir haben zwei Havarien gemeldet bekommen. Aber ohne Personenschäden.«

»Und wo ist Knudsens Boot?«

»Das wird schon wieder auftauchen. Womöglich war er nicht allein an Bord.«

»Wir müssen sein Boot unbedingt finden.« Marie schüttelte alle Hände ab, die auf ihr geruht hatten, zog eine ihrer dienstlichen Visitenkarten aus der Tasche und reichte sie dem Arzt. »Die Ehefrau dieses Mannes ist letzte Woche ermordet worden. Vielleicht hatte der Mörder es auch auf ihn abgesehen. Falls er aufwacht, benachrichtigen Sie mich bitte sofort. Ich muss dringend mit ihm sprechen.«

»Vor heute Abend wird das nichts, da brauchen Sie sich keine allzu großen Hoffnungen zu machen«, rief der Arzt und schwang sich neben der Trage in den Helikopter. »Kann außerdem sein, dass er sich an nichts erinnert.« Der Lärm wurde ohrenbetäubend, dann hob die riesige Libelle ab und entschwand über dem Wasser Richtung Flensburg.

Britta trat neben Marie und legte ihr wieder ihren Arm um die Schultern. »Das war ein ganz schöner Schreck, wie? Ich habe auch gleich gedacht, dass es Tomkin wäre. Aber der springt vermutlich ganz fidel irgendwo herum und hat uns total vergessen.«

Marie verbarg für einen Augenblick ihr Gesicht in den Händen. Anteilnahme war tödlich, wenn man die Fassung bewahren wollte. Sie atmete ein paar Mal tief und kontrolliert ein und aus. Es war, als ob der Schock sie erst jetzt richtig erreichte.

Britta sah sie besorgt an, sagte aber nichts, hielt sie einfach nur fest.

»Danke«, sagte Marie leise. »Danke, dass du da bist.« Dann löste sie sich aus der Umarmung und blickte konzentriert aufs Wasser. »Ich glaube, es geht schon wieder. Ich werde mich jetzt darum kümmern, wie wir dieses Boot finden können. Wenn du mir dabei helfen magst ...«

»Klar helfe ich dir. Vielleicht sollten wir auch Torben Knudsen fragen. Der kennt das Boot seines Vaters doch am besten.«

»Du hast vollkommen Recht.«

Die Schutzpolizisten legten eine Hand an ihre Mütze, als Marie sich verabschiedete. »Wenden Sie sich an Kommissar Ludwig, wenn Sie mich brauchen.«

»Wird gemacht, Kommissarin. Gehen Sie jetzt zu den Kollegen vom Wasserschutz?«

»Nein. Ich werde mir die Sache mal von oben ansehen«, antwortete Marie und stieg zu Britta ins Auto. Der Wagen war mitten auf dem Feld geparkt, kurz bevor der Strandweg von Holnis zum Wasser hinabführte.

»Fahren wir in Wassersleben vorbei oder soll ich Torben anrufen?«, fragte Britta.

Marie sah auf. »Hast du denn seine Telefonnummer?«

»Zufälligerweise, ja. Er hat sie mir neulich gegeben, als wir bei dem alten Hoppe waren.«

Täuschte Marie sich, oder war Britta ein wenig rot geworden? Sie verkniff sich eine Bemerkung und sagte nur: »Ruf ihn an.«

Kapitel 30

»›Sie wussten ja nicht, was sie taten‹«, sagte Inga mit vollem Mund. Sie schob ohne Unterbrechung Gabel für Gabel Rührei in sich hinein. »Hat er gesagt.«

»Wer?«, fragte Tomkin. Er konnte sich kaum noch an das Gespräch vom Vorabend erinnern. Gedächtnisleistungen waren sowieso nicht seine Stärke. Er vergaß schnell, das war wohl der Grund, warum er letztlich angefangen hatte zu schreiben. Wer ein gutes Gedächtnis hatte wie Marie zum Beispiel, brauchte sich nicht ständig Spickzettel und Notizen zu machen. Aber selbst die Notizzettel vergaß Tomkin manchmal, er vergaß, dass er überhaupt etwas aufgeschrieben hatte.

»Jens«, quetschte Inga zwischen zwei Bissen Brot heraus. Dann kratzte sie wieder mit der Gabel in der Pfanne herum. »›Kinder können sehr grausam sein‹«, zitierte sie weiter.

»Kinder?«

»Wir kennen uns aus der Schulzeit. Damals waren Sie noch gar nicht geboren, nehme ich mal an. Ende der fünfziger Jahre, Anfang der sechziger.«

»Wie als waren Sie?«

»Ich bin 1950 geboren. Jens ist ein oder zwei Jahre älter als ich. Wir waren ein ganzer Haufen Kinder in Apenrade. Wir kannten uns gut, wohnten ja alle in der Nachbarschaft, die meisten gingen in dieselbe Schule, dieselbe Klasse. Nur ich nicht. Ich musste in die deutsche Schule.«

»Waren Ihre Eltern Deutsche?«

»Mein Vater.«

»Aha.«

Inga kratzte den letzten Rest Ei aus der Pfanne und wischte mit einem Stückchen Brot das Fett auf. Dann trank sie ihren Kaffee in einem Zug aus und lehnte sich gegen die Rückbank.

»Als ich zur Schule kam, durften die anderen Kinder nicht mehr mit mir spielen. Nicht mehr mit mir zusammen sein. Sie bekamen Prügel, wenn ihre Eltern hörten, dass sie mit mir zusammen nach Hause gegangen waren. Ich war ja eine Deutsche. Weil mein Vater ein Deutscher war.«

»Hm.« Tomkin stocherte verlegen auf seinem Teller herum. »Das war sicher nicht so einfach.«

»Zumal ich ja in Dänemark geboren war. Ich fühlte mich als Dänin. Ich sprach besser Dänisch als Deutsch. Ich wusste gar nicht, was das war, ein Deutscher.«

»Aber Ihr Vater ...?«

»Ja, mein Vater. Aber der war ja gar nicht da.«

»War er tot?«

»Dachte ich. Lange Zeit dachte ich das. Und meine Mutter beließ mich in dem Glauben, dass der Mann in der SS-Uniform auf dem Foto im Wohnzimmerschrank mein Vater wäre.«

»Aber der Krieg war doch schon lange vorbei.«

»Nicht bei uns. In Grenzgebieten dauern die Kriege länger. Viel länger. Der Grenzkrieg dauert zum Teil noch bis heute an. Aber das sind natürlich Ausnahmen.«

»Und Knudsen war eins von den dänischen Kindern, die sich gegen Sie verbündet haben.«

»›Sie wussten nicht, was sie taten.‹« Inga lachte bitte auf.

»Sie können das nicht vergessen.«

»Ich hatte es viel zu lange vergessen. Jetzt wollte ich endlich abrechnen. Aber dazu war Knudsen ja zu feige. Er zog es vor, über Bord zu gehen.«

»Aber Sie sind ihm doch schon vorher wieder begegnet. Warum haben Sie ihn nie darauf angesprochen?«

Inga schwieg. Tomkin wagte nicht weiter zu fragen, aus Angst, dass die Lehrerin plötzlich die Fassung verlieren könnte und er dann nicht die ganze Geschichte erfuhr. Womöglich war die Wahrheit über Inga Blatt auch die Wahrheit über den Tod von Knudsens Frau?

»Ich wollte wissen, was los war mit diesen Deutschen«,

fuhr Inga schließlich fort. Ihre Stimme war tiefer geworden und klang ein bisschen wackelig. »Warum sie sich so verhasst gemacht hatten in meiner Heimat. Schließlich fühlte ich mich ihnen irgendwie zugehörig. Ich sprach ihre Sprache. Ich liebte ihre Dichter, und durch den Schulunterricht kannte ich ihr Land besser als mein eigenes. Ich ging nach Berlin zum Studieren. Das war Anfang 1968, und es kam gerade alles auf den Tisch: die ehemaligen Nazis, die Richter geworden waren, Staatsanwälte, Lehrer und Politiker. Die alle ungeschoren weitermachen konnten.«

»Vor allem in Schleswig-Holstein. Da saßen sie gestapelt«, warf Tomkin ein.

»Ich wechselte an die Uni in Kiel. Ich wusste inzwischen, dass Gustav nicht mein Vater war.«

»Gustav?«

»Der Mann auf dem Foto. Der erste und einzige Ehemann meiner Mutter. Seit 1943 vermisst. Ich wurde erst 1950 geboren. Er konnte also gar nicht mein Erzeuger sein. Er war ein verbissener, eifriger Nationalsozialist der ersten Stunde. Aber nicht mein Vater.«

»Wer war dann Ihr Erzeuger?« Tomkin fand die Frage zwar müßig, aber für Inga war es offenkundig wichtig, sie beantworten zu können. Man konnte ja nichts für seine Eltern, fand er. Und erst recht nichts für ihre Gesinnung.

»Ich war eigentlich immer in Angst, ihm irgendwo zu begegnen«, sagte Inga. »Gleichzeitig habe ich immer nach ihm gesucht. Ich wollte einfach Gewissheit haben.«

»Worüber?«

»Ich wollte wissen, was er für einer war. Was für ein Mensch er war. Und ich wollte wissen, ob er ohne Schuld war. Ja, das vor allem wollte ich wissen.«

»Hat Ihre Mutter nie über ihn gesprochen?«

Inga schüttelte den Kopf. »Erst jetzt, vor ein paar Monaten, konnte ich ihr den Namen entlocken. Und ihn dann wirklich ausfindig zu machen hat auch noch mal gedauert.«

»Ihre Mutter hätte Ihnen aber ruhig ein bisschen eher behilflich sein können.«

»Sie hatte mit sich selbst zu tun. Für sie war das alles ja noch viel schlimmer.«

»Und warum haben Sie Knudsen das jetzt alles erzählen wollen?«

»Sie haben ja keine Ahnung«, sagte Inga und sah Tomkin plötzlich wütend an. »So einfach ist das für mich nicht.«

Tomkin zuckte die Achseln. Er war zwar ein guter Zuhörer, aber offenbar kein guter Kriminalist. Er las nicht mal gern Krimis, jedenfalls verstand er am Ende nie die Lösung. Immer verlor er den roten Faden. Nur in seinen eigenen Büchern konnte er einigermaßen mitkommen. Er stellte leise Teller und Tassen zusammen und sah Inga besänftigend an.

»Sie müssen mir das nicht alles erzählen. Es geht mich ja eigentlich auch nichts an. Ich dachte nur, Sie wüssten vielleicht, wer Ihre Freundin umgebracht haben könnte.«

Aber Inga fuhr unbeirrt fort: »In Kiel hatte ich Elsa kennen gelernt. Sie studierte Deutsch und Geschichte, sie war im zweiten oder dritten Semester. Wir haben zusammen gewohnt und gearbeitet. Später sind wir zusammengezogen, in eine schöne große Wohnung mit Blick auf die Kieler Förde. Drei Zimmer, Küche, Bad für uns ganz allein. Wir studierten beide fleißig. Ich war ein paar Semester weiter als sie und fing bald an, mein Examen vorzubereiten. Aber Elsa war ungeeignet für den Unterricht in der Schule. Sie wollte lieber Karriere machen, Abenteuer erleben und natürlich einen tollen Mann heiraten. Sie sah unheimlich gut aus, und sie war ehrgeizig. Aber ansonsten war sie leider nicht besonders leistungsfähig. Ich musste ihr immer bei ihren Referaten helfen, weil sie einfach nicht damit fertig wurde. Dafür konnte sie sich mündlich überall raushauen.«

»Und was hat sie Ihnen dafür gegeben, dass Sie ihr geholfen haben?«

Inga sah Tomkin ausdruckslos an. »Sie war meine Freundin.«

»Bis sie Knudsen geheiratet hat.«

»Ja.«
»Und wie haben Sie sich da gefühlt?«
»Ich habe gar nichts gefühlt.«
»Sie waren sicher sehr gekränkt.«
»Nein.«
»Das kann ich mir nicht vorstellen.«
»Ich habe früh lernen müssen zu verzichten.«

Tomkin sah diese kleine, hurtige Frau vor sich, die Inga in jüngeren Jahren vielleicht einmal gewesen war. Ein bisschen introvertiert, sehr begabt, einsam, unsicher über ihre Identität, hilfreich, aber doch hilflos neben ihrer schillernden Freundin. Die lebenslustige, gut aussehende Elsa Hoppe, die die Menschen im Sturm erobern konnte, hatte sich die kleine, unscheinbare Inga geangelt, damit sie ihre Uniarbeiten für sie schrieb. Eine stabile, funktionierende Symbiose. Bis Jens Knudsen kam.

»Ich wusste immer, dass ich sie eines Tages verlieren würde«, sagte Inga leise. »Ich werde jetzt an Deck gehen und schauen, ob wir nicht irgendein anderes Boot auf uns aufmerksam machen können. Geben Sie mir bitte mal das Handtuch dort drüben. Dann habe ich etwas zum Winken.«

Kapitel 31

Oberwachtmeister Leibrecht, Pilot bei der Polizeistaffel Nord, war sofort einverstanden, als Marie ihm Britta und Torben vorstellte. »Klar können die beiden mitkommen. Gute Idee, so ein Boot ist nämlich aus der Luft gar nicht so leicht zu identifizieren.«

Das Sportflugzeug, eine einmotorige Saratoga, stand schon vor dem Hangar bereit, als die drei dort eintrafen.

»Kommissar Ludwig lässt sich entschuldigen«, erklärte Marie, während sie sich neben Britta auf der Rückbank anschnallte. »Er fährt lieber mit der Küstenwacht raus.«

Torben krabbelte über den Flügel auf den Beifahrersitz und ließ sich zeigen, wie er die Ohrenschützer, in denen die Mikrofone für die Verständigung an Bord eingebaut waren, aufzusetzen hatte.

Leibrecht startete die Maschine und nahm Kontakt mit der Bodenstation des Flugplatzes auf. Gespickt mit kryptischen Abkürzungen gab er seine Kennung sowie Position und Flugziel an und holte sich die nötigen Genehmigungen. Dann informierte er seine Fluggäste, dass sie jetzt gleich auf die Landebahn rollen würden.

»Wenn jemandem schlecht wird, da hinten liegen Tüten. Und gleich Bescheid sagen, wir können jederzeit landen. Zur Not auch auf einem Acker. Sind alle bereit?«

Torben nickte.

»Bereit«, sagte Britta.

»Ja, ich auch.«

Marie schaute aus dem Fenster. Die kleine Blechkiste nahm in Sekundenschnelle Tempo auf, und dann hob sie auch schon ab, wie ein Motorrad, dem plötzlich Flügel wuchsen. Es schaukelte ziemlich, und der Erdboden schien zum Greifen nah zu bleiben, ganz anders als in einer großen Passagiermaschine. Sie legten sich in die Kurve, um eine Schleife über Flensburg zu ziehen, und Marie nahm innerlich Abschied von ihrem Leben. Fast Hals über Kopf in ihrem Sitz hängend – zumindest kam ihr das so vor – schaute sie hinunter auf Hausdächer und die knallblauen Flecken vereinzelter Swimmingpools, auf blühende Gärten, die aus ihren Parzellen zu platzen schienen, Spielzeugautos, die über lange Asphaltbänder krochen, dazwischen Wiesen und Weideflächen, auf die die Wolken ihre Schatten legten. Dann kam die Förde in Sicht, der lang gestreckte Einschnitt in die Landschaft, von einem glatten, eisengrau schimmernden Wasser gefüllt, an den Rändern sauber wie mit einer Schere beschnitten. Winzige weiße Bötchen schwammen darauf herum oder lagen Seite an Seite in den Yachthäfen beieinander. Vier Stück davon zählte Marie, während sie die Förde aufwärts flogen, dem Meer zu.

»Und Sie wissen mit Sicherheit, dass Ihr Boot nicht im Hafen liegt?«, fragte Leibrecht. Seine Stimme klang nah unter dem Sausen des Propellers, so als würde er ihnen direkt ins Ohr sprechen.

»Mit völliger Sicherheit«, sagte Torben. »Ich bin eben extra noch mal vorbeigefahren.«

»Wir gehen gleich runter auf dreihundert Fuß, dann kann man die Boote einigermaßen gut erkennen. Was ist das für ein Typ, den wir suchen?«

»Das wissen wir nicht«, rief Marie und erschrak, wie laut ihre Stimme in ihrem eigenen Kopfhörer dröhnte.

»Ich denke, wir suchen ein Segelboot«, sagte Leibrecht.

»Ja, klar. Aber wir wissen nicht, ob noch jemand drauf ist.«

»Ich hatte den Bootstyp gemeint.«

»Eine Neun-Meter-Yacht«, antwortete Torben.

»Okay. Was ist denn mit dem Schiff passiert?«

»Ein Mann ist über Bord gegangen, Professor Knudsen.«

»Mein Vater«, ergänzte Torben.

»Er wurde heute Morgen am Strand von Holnis gefunden,

mit einer Kopfverletzung, bewusstlos. Er trug zum Glück eine Schwimmweste, darum ist er noch am Leben.«

»Über Bord gegangen«, murmelte Leibrecht. »Wohl einen zu viel gehoben, wie?«

»Kann sein«, sagte Britta. »Oder er hat den Großbaum an den Kopf bekommen. Oder beides.«

»Böse Sache.«

Leibrecht ging mit der Geschwindigkeit herunter und ließ die Maschine sinken. Es dröhnte nicht schlecht in den Ohren, und Marie merkte, wie ihre nächtlichen Kopfschmerzen wieder auflebten.

»Marineschule Mürwik«, erläuterte Leibrecht und deutete auf eine ausgedehnte rote Backsteinanlage direkt am Wasser.

Der Bootssteg lag wie ein weißes T auf dem spiegelglatten Wasser. Daneben mal wieder Segelboote, ordentlich aufgereiht wie Stifte in einem Etui. Der nächste Bootsanleger gehörte zum Badestrand von Solitüde, dann kam schon Glücksburg in Sicht.

»Schade, dass wir keine Zeit haben, sonst würde ich eine Ehrenschleife für Sie über dem Schloss drehen. Das sieht immer sehr hübsch aus von oben.«

Hinter Glücksburg zeichnete sich Holnis ab. Hier ging Schleswig-Holstein mit einer lang gedehnten Landzunge zu Ende. Auf der anderen Seite lag die dänische Küste, die Halbinsel Broager, das Ufer von Südjütland. Weiß und schlank zulaufend wie ein großer Hai lief der Felsen von Holnis unter dem flachen Wasser aus. Mit einer roten Tonne war diese gefährliche Passierstelle für den Schiffsverkehr markiert. Ein Frachter schob sich gerade spielzeugklein an der Tonne vorbei. Das Flugzeug sank noch einmal viele Meter. Nun konnte man die kleinen Wellen auf der Wasseroberfläche erkennen.

»Jetzt heißt es aufpassen«, erklärte Leibrecht. »Wenn euer Boot gestern Nachmittag den Yachthafen von Flensburg verlassen hat, dürfte es abends die Außenförde passiert haben. Wenn jemand an Bord ist, der sein Handwerk versteht, könnte er jetzt schon vor der Kieler Bucht herumkreuzen.«

»Wenn niemand an Bord ist, würde das Boot dann nicht irgendwo an Land getrieben werden?«

Leibrecht schüttelte den Kopf. Er hatte eine Seekarte mit einer Hand auf den Knien ausgebreitet, mit der anderen hielt er das Steuerrad fest. »Achten Sie mal ein bisschen auf den Kurs«, sagte er zu Torben gewandt. »Da vorne ist militärisches Schutzgebiet, da dürfen wir nicht hineingeraten, sonst wird scharf geschossen. Und ein paar Meter weiter nördlich beginnt dänisches Hoheitsgebiet, da muss ich mich erst anmelden. Schaun wir mal.« Er vertiefte sich in die Landkarte und vermaß mit den Fingern die Strecken, die das Segelboot inzwischen zurückgelegt haben könnte.

»Wenn sie den Motor angeschmissen haben, können sie jetzt schon wer weiß wo sein.«

»Da unten!«, rief Britta und klopfte mit den Fingern gegen die Scheibe. »Da unten liegt so ein Boot ohne Segel. Sieht aus, als ob jemand winkt.«

Marie konnte das Boot von ihrer Seite aus nicht sehen. Leibrecht schob seinem Kopiloten die Seekarte zu und zog eine Schleife, wobei er noch ein wenig tiefer hinunterging. Tatsächlich kam ziemlich in der Mitte der Wasserfläche zwischen den auseinander driftenden Küsten von Angeln und den dänischen Schären eine kleine Yacht in Sicht, die als Einzige weit und breit ohne Segel und offenbar auch ohne Motorbetrieb auf dem Wasser herumschaukelte.

Bei der zweiten Schleife sah auch Marie deutlich, dass da jemand an der Reling stand und mit einem Tuch winkte. Ob Mann oder Frau, war nicht auszumachen. Dann kam noch eine zweite Person an Deck und fing ebenfalls an zu winken. Leibrecht zog die Maschine noch weiter hinab. Die Ohren platzen ihnen fast vom Sinkflug, aber schließlich waren die beiden Gestalten deutlich zu erkennen.

»Tomkin«, rief Marie aufgeregt. »Das ist doch Tomkin!«

»Und die andere sieht aus wie unsere Inga«, schrie Britta ohne zu bedenken, dass sie ein Mikrofon vor dem Mund hatte.

Marie wäre am liebsten direkt ins Wasser gesprungen, dessen Oberfläche jetzt vom Luftstrom des Flugzeugpropellers heftig gekräuselt wurde. »Können wir nicht auf dem Wasser landen?«

Leibrecht rückte sein Mikrofon zurecht und stellte die Funkfrequenz ein. »Delta Alpha Papa Kilo Tango, Position drei Nord drei sechsunddreißig, gebt mal bitte weiter an die Wasserschutzpolizei: Yacht in Seenot, vermutlich manövrierunfähig. Zwei Personen an Bord …«

Kapitel 32

Es war ja gar nicht so, dass Oberkommissar Karsten Scholz am Sonntag lieber bei seiner Familie saß statt zu arbeiten, wie seine Chefin es immer darstellte. Im Gegenteil. Viel zu gern wäre er öfter der Idylle seiner kreischenden eineinhalbjährigen Tochter und dem betulichen Verfolgungswahn seiner Schwiegereltern entflohen. Nur das schlechte Gewissen seiner immer noch recht verliebten Gattin gegenüber nötigte ihn, Wochenenddienste und Feiertagsschichten zu meiden, wenn es eben ging. Darum war er auch immer besonders beleidigt, wenn Marie sich darüber lustig machte. Sie erkannte seine tieferen Qualitäten eben nicht. Einem Ehemann wurde es nicht vergolten, wenn er häuslich war. Oder: Wie ein Mann es machte, machte er's verkehrt.

Als an diesem Sonntagmorgen gegen halb zwölf sein Handy klingelte – die Schwiegereltern waren gerade am Horizont aufgetaucht und Ann-Kathrin, das Töchterchen, hatte schon vor dem Frühstück einen Kirschkern in ihrem rechten Nasenloch versenkt, sodass von Ausschlafen keine Rede gewesen war –, sprang er einfach in seinen Wagen und rauschte davon.

»Bereitschaftseinsatz, oberwichtig«, hatte er Sabine gesagt und ihr ein ziemlich unerotisches Küsschen auf die Wange gedrückt. »Keine Ahnung, ob ich zum Essen wieder hier bin. Wartet nicht auf mich.«

»Fängst du jetzt auch so an«, hatte Sabine gemurmelt und ihm einen ziemlich gekränkten Blick nachgesandt.

»Ist auch egal«, murrte Karsten, als er sich auf dem Steindamm in die Abbiegerspur einordnete, um auf den Hansaplatz einzubiegen. »Ob ich nun mit den Alten beim Essen rumsitze oder nicht, rettet die Romantik auch nicht.«

Er parkte vor dem *Lenz* direkt hinter einem Ludenschlitten und suchte nach einer Münze in seinem Portemonnaie, ehe ihm einfiel, dass man sonntags die Parkuhren nicht zu füttern brauchte. »Kannste mal sehen«, hätte Marie jetzt gefoppt, »wie selten du am Wochenende im Dienst bist.« Zum Weglaufen all diese Frauen, die ihn umzingelten. Vielleicht hätte er doch beim Bund bleiben sollen, Z-Zwölfer oder so. Aber dafür war er irgendwie auch nicht gemacht.

»Moin, Karsten«, sagte Hotte, ein pensionierter Taschenkrebs, der seine mageren Bezüge von der Landesversicherungsanstalt mit kleinen Extrageschäften aufbesserte. Damit das nicht irgendwann mal bös für ihn endete, gab er hin und wieder ein paar Tipps an die Bullerei, und manchmal fiel in diesem Windschatten auch ein kleiner Deal ab. »Das ging ja flott. Gehst wohl auch nicht mehr jeden Sonntag in die Kirche?«

»Jaja. – Wo ist das Ding?«, fragte Karsten und folgte Hotte in den Schankraum des *Lenz.*

»Nebenan. Willstes gleich mitnehmen? Ist nagelneu, die Kiste.«

»Erst mal muss ich gucken, ob sie was taugt.«

»Sag ich doch. Nagelneu, Toshiba Notebook, Satellite, DVD, 600 MegaHerz, 12,1 Display – genau was du haben wolltest. Ich mache dir auch einen fairen Preis.«

»Ich muss es mir trotzdem erst mal anschauen. Ich nehm's mit und komme heute Nachmittag noch mal vorbei, okay?«

Hotte zuckte die Achseln und ging voran ins Hinterzimmer. Karstens Aufmerksamkeit stieg. Was der alte Hehler gesagt hatte, klang ganz so, als ob es sich wirklich um Knudsen-Hoppes Laptop handeln könnte. Ein durchschlagendes Ermittlungsergebnis, womöglich die Auflösung des Falls. Und das war nur ihm allein zu verdanken, ohne die Chefin, ohne die ganze Abteilung. Sein Herz fing an, ein bisschen schneller zu schlagen.

»Ein Prachtstück, wie?«, sagte Hotte stolz und zeigte den flachen hellgrauen Apparat, der unter einer schmuddeligen Decke verborgen gewesen war. »Du kannst doch hier gucken, ob er funktioniert. Irgendein Kabel ist nicht dabei, aber die laufen ja auf Batterie.«

»Auf Akku«, sagte Karsten und holte eine Plastiktüte aus seiner Manteltasche. Vorsichtig, ohne eventuelle Spuren zu vernichten – falls man überhaupt noch Prints fand, nachdem Hotte das Gerät in den Pfoten gehabt hatte –, schob er den Laptop in die Tüte. »Nee, mein Lieber, in so einer Sache frage ich lieber erst einen Experten. Keine Sorge, du kriegst dein Geld schon. Wir kennen uns doch, oder?«

»Logisch, Karsten. Da bin ich nicht bange. Du weißt ja, wie du mich finden kannst.«

»Woher das Ding kommt, kannst du mir nicht sagen?«

Hotte machte ein dummes Gesicht. »Würd ich ja tun, wenn ich könnte. Aber ich kann's nicht, ehrlich. Mein Mittelsmann ist sauber, du kennst mich. Vielleicht von einem Autoknacker? Meistens holen die diese Dinger aus geparkten Wagen. Es gibt sogar Leute, die lassen so was im Zug stehen oder sonst wo. Kommt eigentlich ziemlich oft vor.«

»Schon gut«, sagte Karsten und klemmte sich die Tüte mit dem Laptop unter den Arm. »Bis später also.«

Kapitel 33

Inga Blatt saß mit versteinertem Gesicht auf einem Stuhl, dem Schreibtisch, den die Flensburger Kollegen Marie zur Verfügung gestellt hatten, direkt gegenüber. Tomkin hockte hinter ihr auf der Heizung. Er hatte sich eine Wolldecke geben lassen und sie doppelt und dreifach zusammengefaltet über die Schultern gelegt wie eine Stola. Er sah übernächtigt und ziemlich ramponiert aus. Aber auch glücklich, wieder festen Boden unter den Füßen zu haben.

»So, und nun erzählen Sie uns mal, wie Sie auf dieses Boot gekommen sind – und vor allem, was Sie dort eigentlich wollten«, begann Marie.

»Ich wollte mit Knudsen sprechen.«

»Über seine Frau, Ihre ehemalige Freundin Elsa Hoppe?«

»Auch das.«

»Haben Sie Elsa gehasst?«, fasste Marie nach.

Die Dänin schüttelte den Kopf und lächelte.

»Weil Elsa Knudsen-Hoppe alles hatte und alles bekam, was Sie nicht bekommen haben? Elsa hatte eine Familie. Sie hatte einen Vater. Sie wusste, woher sie kam und wer sie war. Sie war Ihnen immer ein Stückchen voraus. Hat Sie das nicht gekränkt?«

Inga Blatt lächelte weiter. »Aber nein.«

»Elsa hat ihre Doktorarbeit von Ihrer Examensarbeit abgeschrieben.«

»Na und?«

»Elsa hat damit promoviert – Sie sind nur Lehrerin geworden.«

»Nur? Ich bin gern Lehrerin. Ich wollte nie einen Doktorhut. Niemand sagt gern Frau Doktor. Es ist so umständlich. Im Übrigen duzen wir Dänen uns sowieso meistens.«

»Elsa hat Sie einfach sitzen lassen, als Knudsen sich in sie verliebte. Ausgerechnet Knudsen. Sie kannten ihn doch aus Apenrade, oder?«

Marie warf Tomkin einen Blick zu. Er hatte ihr draußen auf dem Gang ein paar verwirrende Geschichten zu erzählen versucht. Sie verstand die Zusammenhänge noch nicht richtig, aber sie würde schon noch dahinter kommen.

»Ja, das tat sehr weh«, sagte die Lehrerin ruhig. »Aber das wäre doch kein Grund gewesen, Elsa zwanzig Jahre später umzubringen, nicht wahr?«

Marie zog ärgerlich die Luft zwischen die Zähne. Tomkin hob fast unmerklich die Schultern.

»Sie waren zur Tatzeit in Hamburg. Sie sind um kurz nach neun mit dem Zug aus Flensburg angekommen, haben eine Parfümerie in der Mönckebergstraße aufgesucht, um sich Parfüm zu kaufen, und hatten dann eine Verabredung. Der Metrobus Linie 5 fährt genau vor der Parfümerie ab. Er fährt bis vor Knudsen-Hoppes Tür.«

»Ich war nicht bei Elsa«, wiederholte die Lehrerin sehr ruhig.

»Wo waren Sie dann?«

Sie schüttelte den Kopf. »Darüber möchte ich nicht sprechen.«

»Frau Blatt, Sie werden keine Wahl haben. Sie werden uns sagen müssen, wo Sie waren, weil wir Sie sonst wegen des dringenden Verdachts, Ihre ehemalige Freundin Elsa Knudsen-Hoppe umgebracht zu haben, in Untersuchungshaft nehmen und anklagen werden. Das nächste Gespräch findet dann vor dem Untersuchungsrichter statt.«

»Ich habe nichts zu fürchten.«

»Aber Sie wollen doch sicher auch, dass der richtige Täter gefunden wird.«

»Natürlich.«

»Dann müssen Sie mit uns zusammenarbeiten. Sie müssen uns helfen.«

Die Dänin starrte eine Weile an Marie vorbei aus dem Fenster. Dann setzte sie sich gerade auf, blickte Marie direkt in die Augen und sagte: »Gut. Ich werde Ihnen sagen, wen ich in Hamburg besucht habe. Aber dann muss ich vorher einmal telefonieren.«

Mehr als den halben Sonntagnachmittag hatte es Karsten gekostet, um Elsbieta Puzdrowski zu überreden, mit ihm und dem Techniker Michel Faz in Knudsens Wohnung zu gehen, um im Arbeitszimmer der Toten die nötigen Unterlagen zu suchen, die zu dem Toshiba Notebook gehörten. Das Kabel, das auf dem Computertisch gelegen hatte, passte tatsächlich zu Hottes Laptop. Das Gerät ließ sich anstandslos hochfahren. Aber dann waren sie mit ihrem Latein am Ende. Auf der Festplatte gab es zwar noch ein Betriebssystem und die übliche Reihe von Programmen, aber alle eigenen Dateien waren komplett gelöscht.

»Da hatte jemand was zu verbergen, würde ich sagen«, tippte Karsten. »Oder was meinst du?«

Faz zuckte die Achseln und steckte das Anschlusskabel zum Telefon in die entsprechende Buchse am Laptop. Dann startete er Netscape. Die Verbindung zum Internet wurde hergestellt.

»Es liegen zwei Nachrichten auf dem Server«, las er vom Bildschirm ab.

»Für Elsa Knudsen-Hoppe?«

»Ist wohl anzunehmen. Willst du sie lesen?«

»Natürlich.«

»Mal schauen.«

Karsten und der Techniker starrten gebannt auf den Bildschirm.

»Pass auf, gleich will er ein Passwort haben«, sagte Karsten.

»Muss nicht sein«, meinte Faz. »Ich habe meine Mailbox zu Hause auch nicht gesichert. Wer sollte schon Interesse an meinen Liebesbriefen haben?«

Tatsächlich öffnete sich das E-Mail-Programm ohne weitere Kontrollen, die Nachrichten wurden anstandslos vom Server geholt. »PädExtra-Verlag« lautete der erste Absender. Die zweite Mail kam von Amazon. »Schauen wir mal«, sagte Faz wieder und klickte das Feld »Lesen« an. Bei Amazon hatte Knudsen-Hoppe ein Buch bestellt, dessen Lieferung angezeigt wurde.

»Mach mal die andere auf«, sagte Karsten ungeduldig.

»Liebe Frau Knudsen-Hoppe«, las Michel Faz vor. »Anbei

schicken wir Ihnen die Fahnen Ihres Aufsatzes ›Lernen als Verschriftlichung – Eine Datenanalyse‹ und bitten um Korrektur bis nächsten Donnerstag. Mit freundlichen Grüßen … Das war wohl nichts. Schade.« Er klickte auf den Button »Anlagen« und ließ das Dokument auf die Festplatte speichern.

»Na ja, dass der Mörder sich hier schriftlich ankündigt, hab ich jetzt auch nicht wirklich erwartet«, brummte Karsten. »Aber trotzdem …«

»Ja. Wäre eine traumhafte Lösung gewesen.«

»Eher ein Albtraum. Kannst du das mal ausdrucken? Irgendwie kommt mir dieser Käse bekannt vor. ›Lernen als Verschriftlichung‹ – das habe ich schon mal gehört.«

Faz zog mit dem Laptop in Professor Knudsens Arbeitszimmer um. Elsbieta Puzdrowski stand noch immer auf dem Flur und ließ sie beide nicht aus den Augen. Bald hörte man das nervige Geräusch eines Tintenstrahldruckers in Aktion.

Karsten starrte auf den Papierhaufen auf dem Schreibtisch der Toten. Hatte Marie nicht irgendetwas erwähnt von einer Doktorarbeit und verschiedenen Aufsätzen mit verrückten Titeln? Er fing an, in den Papieren zu blättern. *Lernen als Verschriftlichung – Eine Datenanalyse,* da war er doch. »Timo Becker, Hausarbeit vom 16. Juni 2001« stand darunter. Interessant. Als Michel Faz mit dem Ausdruck zurückkam, begann Karsten, die beiden Texte zu vergleichen.

Kapitel 34

»Sie hat sich wohl eine ganze Menge Gedanken gemacht, wer ihr Vater sein könnte«, sagte Dirk Meierdirks und nahm einen kleinen Schluck von dem heißen Reiswein, der in ganz kleinen Schälchen ohne Henkel serviert wurde. Er hatte außerdem Jasmintee für sie beide bestellt. Ein kühles Flensburger, frisch vom Fass, wäre Marie lieber gewesen. Das Essen ließ noch auf sich warten. »Eine Zeit lang hat sie geglaubt, denselben Vater zu haben wie ihre Freundin Elsa. Was sich junge Mädchen eben so einbilden. Die beiden haben wohl ewig in seiner Vergangenheit herumgegraben, er hatte irgendetwas mit diese Heyde/Sawade-Geschichte zu tun. War ein hohes Tier in der Justiz. Sie muss ganz besessen davon gewesen sein.«

Meierdirks lächelte. Er war gleich bereit gewesen, mit Marie zu sprechen, nachdem Inga Blatt ihn vom Revier in Flensburg aus angerufen und ihm ihre Situation geschildert hatte. Er hatte sich sofort ins Auto gesetzt und war aus Hamburg hochgefahren. Allerdings hatte er nicht ins Präsidium kommen wollen, sondern darauf bestanden, Marie zum Essen einzuladen. In der Eile war Marie nichts anderes eingefallen, als das scheußliche chinesische Restaurantschiff an der Förde als Treffpunkt vorzuschlagen.

Meierdirks sah noch ziemlich gut aus, obwohl er hart an die siebzig ging, mit achtundsechzigeinhalb hatte er sein Alter beziffert. Sein Haar war voll und schlohweiß, seine Haut glatt und feinporig. Die schmalen, etwas schräg geschnittenen Augen erinnerten an die von Inga Blatt. Auch die runde Wangenpartie hatte sie von ihm geerbt. Er war klein und drahtig, er musste kleiner gewesen sein als Ingas Mutter, damals, vor gut fünfzig Jahren.

»Es war während eines Klassenausflugs«, fing er an, nachdem

ihre Frühlingsrollen gebracht worden waren. »Ich war siebzehn. Ich wollte unbedingt wissen, wie das so ist mit einem Mädchen.«

Meierdirks schmunzelte und fuhr sich mit einer Hand durchs Haar. Die Hand war dicht an dicht mit vielen hellbraunen Sommersprossen und Altersflecken besetzt. Sie sah sommerlich aus, diese Hand, und sie stand ihm irgendwie gut zu Gesicht.

»Aber die Mädchen in meiner Klasse waren alle so solide. Nicht mal zum Knutschen konnte ich eine rumkriegen. Auf dieser Klassenfahrt nach Flensburg sollte es aber unbedingt passieren. Ich war auf der Jagd, wie man wohl so sagt. Im Rahmen der Völkerverständigung fuhren wir jeden Tag rüber nach Dänemark und trafen mit dänischen Schülern und Schülerinnen und mit vielen anderen zusammen. Wir sangen gemeinsam – die Dänen singen ja so gern. Auch heute noch, soweit ich weiß. Wir sangen unter dem Danebrog, als hätte es nie Krieg gegeben. Es war der Sommer 1949, ich werde es nie vergessen. Und es gab so gut zu essen in Dänemark!

Auch bei den dänischen Mädchen konnte ich nicht landen, leider, jedenfalls nicht so, wie ich es wollte. Aber dann kam unser letzter Abend, wir machten ein Lagerfeuer, direkt in Mürwik am Strand. Unsere dänischen Freunde waren zu Besuch gekommen. Es gab Bier, das waren wir überhaupt nicht gewöhnt. Nach und nach verschwanden immer mehr meiner Mitschüler mit dänischen oder deutschen Mädchen im Gebüsch, und ich, ich fand mich plötzlich neben einer älteren Frau wieder – was heißt älter, sie war vielleicht siebenundzwanzig oder achtundzwanzig. Für mich natürlich riesig alt. Aber sie *wollte,* und das war es, was für mich zählte.

Na ja, so kam das. Noch in der Nacht wurden die Dänen wieder zurück nach Apenrade gefahren. Ich weiß noch, dass ich unendlich gut geschlafen habe nach dieser ›Tat‹. Ich war schrecklich stolz auf mich, obwohl ich mir nichts drauf einzubilden brauchte, schließlich hatte sie mich erobert – und nicht ich sie. Aber das war ja egal. Es ging um die Erfahrung, und die hatte ich nun endlich gemacht. Dass dabei ein Kind entstanden war – wir waren doch recht arglos damals. Unaufgeklärt und dumm. Ich habe es nicht mal befürchtet, ich habe überhaupt nicht gewusst, wie das mit den Kindern funktioniert. Später natürlich, und dann in der Ehe, da wusste ich genaustens Bescheid. Auch ohne Beate Uhses Aufklärungskampagnen! Knaus Ogino und so – haben wir alles ausprobiert. Vier Kinder habe ich mit meiner Frau. Dass da noch ein fünftes Töchterchen in Apenrade herumspringt – nein, das habe ich wirklich nicht geahnt. Bis Inga schließlich vor meiner Tür stand. Dieses Jahr im Winter. Meine Frau war zum Glück nicht im Hause. Ich habe es ihr bis heute noch nicht gebeichtet.«

»Deshalb also hat Inga Sie schonen wollen.«

»Wollte Sie das?« Meierdirks wirkte ganz gerührt.

»Und wie hat sie Sie nun gefunden?«

»Ihre Mutter hat ihr wohl endlich gesagt, wie ihre Schwangerschaft zustande gekommen war. Vielleicht hatte sie sich vorher geschämt für diesen Seitensprung. Sie war ja noch verheiratet, ihr Mann war verschollen. Das hat Inga mir jetzt alles erzählt. Damals wusste ich natürlich nichts davon. Er war ein strammer Nazi gewesen, deutschstämmig, ein Nordschleswiger, so nennt man wohl die Angehörigen der deutschen Minderheit in Jütland. Vielleicht habe ich Ingas Mutter irgendwie an ihn erinnert. Inga hat dann Recherchen angestellt, meine Schulklasse ausfindig gemacht, die Schule, die alten Unterlagen und Klassenbücher. Nur meinen Namen wusste sie, sonst nichts. Ich habe immer in Hamburg gelebt, keine großen Sprünge gemacht. So hat sie mich dann schließlich aufgespürt. Jeden Donnerstag treffen wir uns seitdem im Alsterpavillon. Da geht meine Frau immer zum Frisör. Wir haben uns eine Menge zu erzählen.«

»Und Sie haben sich also auch am vergangenen Donnerstag mit Inga im Alsterpavillon getroffen, Herr Meierdirks? Zu welcher Zeit war das genau? Es kann sein, dass Sie das vor Gericht beeiden müssen.«

»Das bin ich meiner Tochter doch wohl schuldig«, murmelte der alte Herr und faltete die schönen Hände vor sich auf dem Tisch. »Wir haben uns um zehn Uhr morgens getroffen. Wie immer. Inga war pünktlich. Ich auch.«

»Kam Sie Ihnen irgendwie verändert vor, beunruhigt, aufgebracht?«

Meierdirks schüttelte den Kopf. »Überhaupt nicht. Sie war genau wie immer. Freundlich und guter Dinge. Oder doch, etwas war anders. Genau, sie hatte ein Parfüm benutzt. Roch sehr gut. Aber anders, irgendwie wirkte sie dadurch anders als sonst.«

Kapitel 35

Die Luft war mild, als Tomkin das Hafenbecken umrundete und auf der Mole vor dem chinesischen Restaurantschiff stehen blieb. Über den Stadtwerken hing eine kleine weiße Wolke, die sich durch den ständig hervorquellenden gut gefilterten Rauch des Heizkraftwerks immer mehr aufplusterte. Ein großer Schwarm Stare zog wie eine Hand voll schwarzer Flocken, die man in die Luft geworfen hatte, über den Abendhimmel, der von der untergehenden Sonne rosarot beleuchtet wurde. Tomkin lehnte sich an das hölzerne Geländer am Museumshafen und sah zu, wie der Mond über der runden Dachplattform des Goethe-Gymnasiums auf der anderen Seite der Förde immer höher aufstieg, bis Marie plötzlich neben ihm stand und ihren Arm um seine Schultern legte.

»Du bist pünktlich«, sagte sie und gab ihm einen Kuss zur Begrüßung.

»Alles klar?«, fragte er leise.

»Bis auf das Gefühl, dass wir diesen Fall niemals aufklären werden. Aber das muss es ja auch mal geben.«

Tomkin schwieg. Er wusste aus Erfahrung, dass Marie sich nicht so leicht geschlagen gab. Kaum hatte er diesen Gedanken zu Ende gedacht, klingelte ihr Handy. Mit einem Griff hatte sie es in der Hand und meldete sich.

»Lernen als Verschriftlichung«, murmelte sie, nachdem sie ein Weilchen atemlos gelauscht hatte. Sie starrte Tomkin an, als wäre ihm der Satz auf die Stirn tätowiert. »Natürlich, ich erinnere mich.« Sie nickte bedeutungsschwer. »Ein Plagiat, wieder mal. Danke, Karsten. Ja, meinen Glückwunsch. Ich komme morgen zurück. Morgen früh. Noch mal – Glückwunsch.«

Sie drückte auf das falsche Knöpfchen und brachte ihr Handy zum Piepen. Beim zweiten Versuch gab es endlich Ruhe.

»Fall doch geklärt?«, fragte Tomkin.

»Ein Student, Timo Becker. Er hat schon gestanden. Elsa Knudsen-Hoppe hat einen Aufsatz von ihm für ein Forschungsvorhaben eingereicht und den ersten Preis dafür erhalten. Sie wollte ihn abfinden mit einer guten Note und fünfhundert Mark. Aber so einfach wollte er sich nicht abspeisen lassen. Sie soll ihm gedroht haben, sie würde ihn als Lügner abstempeln und dafür sorgen, dass er die Uni verlassen muss, sein Wort gegen ihres und so weiter – da hat er die Kontrolle verloren. Der Junge ist dreiundzwanzig.«

»Shit.«

»Muss ein begabtes Kerlchen sein. Sicherheitshalber hat er Knudsen-Hoppes Laptop mitgehen lassen und alle Dateien gelöscht, die auf seinen Aufsatz hinweisen könnten. Er ist übrigens Mitglied im Fachbereichsrat. Es gibt Zeugenaussagen, dass er am Todestag von Knudsen-Hoppe zu spät gekommen ist.«

»Na dann …«, sagte Tomkin und wusste nicht recht, ob er sich freuen sollte oder nicht.

Marie hakte sich bei ihm unter. »Dann hat sich Karsten diesmal also allein die Lorbeeren verdient. Keine Sorge, ich neide sie ihm nicht. Immerhin haben wir hier auch einen Fall geklärt: den Fall ›Flensburg, alte Liebe‹. Ein Grenzfall im wahrsten Sinne des Wortes.«

Tomkin trat an die Kaimauer und betrachtete die Quallen, die sich um die Schiffskiele herum in großen Trauben zusammenballten. Ihre durchsichtig weiß schimmernden Körper mit den orangeroten Gedärmen auf der Unterseite sahen ekelhaft aus, und doch konnte man den Blick nicht von ihnen lassen.

»Irgendwo da unten könnte mein schönes neues Auto liegen«, sagte Marie und nahm seine Hand. »Irgendein Depp hat es womöglich noch in der ersten Nacht nach dem Diebstahl ins Hafenbecken gefahren.«

»Wie kommst du darauf?«

Sie zuckte die Achseln. »Könnte doch sein? Ist so schön einfach: Wenn du hier etwas loswerden willst, schiebst du es einfach ins Fördebecken.«

Tomkin lachte und drehte sich um. Auf der andern Seite des Weges den Kai entlang lag ein großer Parkplatz, dicht an dicht mit Wagen besetzt. Tomkin ließ plötzlich Maries Hand los und lief ein paar Schritte auf die vorderste Reihe der parkenden Wagen zu. Er wies auf einen dunkelblauen Opel Vectra. Marie ging näher. Sie starrte den Wagen an, dann trat sie an die Fahrertür – sie war offen. Vom Armaturenbrett hingen Kabel herab. Die Lenkradverkleidung war abgerissen. Zwischen den Sitzen war eine Halterung für ein Funkgerät angebracht. Ein Stadtplan von Hamburg steckte in der Tasche der Fahrertür.

»Mein Auto!«, rief Marie. »Da ist ja mein Auto!«

Dieser Krimi entstand im Sommer 2001 während meiner Zeit als Krimi-Stadtschreiberin in Flensburg. Ich möchte all denen, die mich mit so viel Freundschaft, Aufgeschlossenheit und Hilfsbereitschaft aufgenommen und betreut haben an dieser Stelle ganz herzlich danken.

Dank gebührt den Sponsoren und Institutionen, die das Krimistadtschreiber-Projekt des Kulturbüros unterstützt haben: Stadt Flensburg, Buchhandlung Rüffer, Schleswig-Holsteinischer Zeitungsverlag, Hamburger Abendblatt, Landestheater Schleswig-Holstein, Wohnungsbau Flensburg GmbH, Stadtsparkasse Flensburg, Phänomenta Flensburg, Literaturhaus Schleswig-Holstein in Kiel, Sicherheitszentrum Messenburg Flensburg, Polizei Flensburg.

Namentlich danke ich Sinje und Ulf Hansen (Buchhandlung Rüffer), Thomas Liebelt, dem Team der Phänomenta und dem des Kulturbüros: Lutz Jahre, Thomas Frahm, Ingrid Heinke, Astra Simon und Vicky Narayanan, den Mitarbeiterinnen und Mitarbeitern der Stadtbücherei, Michael Stitz, Ole Michel und Thorsten Carstensen (Flensburger Tageblatt), Silke Hinrichsen (SSW), Andrea Kunsemüller (Bund deutscher Nordschleswiger), Hinrick Gram (Amt für Denkmalpflege), Thomas Lange (Kripo Flensburg), Peter Kruse, Gisela Walter (Goethe-Gymnasium), Günter Boyens (Skippergrill Brunsnaes), Stefanie Zich, Elisabeth Bode (Theaterwerkstatt Pilkentafel), Anni Hattisen und Erik Jensen (Duborg Skolen), Hilke Rudolph, Peter Wagner für seine guten Anregungen und allen Flensburgerinnen und Flensburgern, die mir jederzeit freundlich Auskunft gegeben haben.

Last not least danke ich wie immer Ulrike Wand, meiner Lektorin.

Martina Bick

Blutsbande

Ariadne Krimi 1130 · ISBN 3-88619-860-X

Hamburg verschwindet gerade im Winternebel, als in einer Baugrube im ruhigen Vorort Wellingsbüttel ein fast vollständig erhaltenes menschliches Skelett ausgebaggert wird. Die Gerichtsmedizin datiert den Tod des etwa 70-jährigen Mannes auf vier bis fünf Jahre vor dem Fund. Kriminalkommissarin Marie Maas stößt bei ihren Nachforschungen auf die Nichte des ehemaligen Grundstückseigners, die als Filmproduzentin in Mexiko-City lebt. Ein Glück für Maries Lebensgefährten Tomkin, der seit längerem erfolglos versucht, die reiseunlustige Kommissarin zu einem Mexiko-Urlaub zu überreden. Warum nicht zwei Fliegen mit einer Klappe schlagen, fragt sich Marie und begibt sich auf der Fährte des namenlosen Toten auf eine wilde Karibik-Odyssee.

In ihrem sechsten Marie-Maas-Krimi schickt Martina Bick ihre hanseatisch-kühle Kommissarin auf eine unfreiwillige Abenteuerreise ins staubig heiße Mexiko-City. Lokalkolorit garantiert!

»Der 6. Kriminalroman mit Hauptkommissarin Marie Maas: Spannend!«
www.inselbücher.de

»Marie Maas: koffeinsüchtig, Fernbeziehung, beruflich überengagiert, angenehm, unspektakulär und ganz hanseatisch-kühl. Sehr empfehlenswert.« *Rosige Zeiten*

»Handfeste, spannende Krimiunterhaltung, die in jeder Bibliothek gern gelesen wird.« *ekz*

Bernd Michels

Akte Zirkon

Adrenalin 2048 · ISBN 3-88619-948-7

Die Republik fiebert den Jubiläumsfeierlichkeiten in der neuen Hauptstadt Berlin entgegen. Alle großen Nachrichtenmagazine basteln an letzten Beiträgen für die Live-Show zum Jahrestag. Da platzt die Bombe: Ein Spion sitzt im Kanzleramt!

»Zirkon«, der legendäre DDR-Top-Agent, soll inzwischen in Moskaus Diensten stehen. Dass ausgerechnet die CIA ihm diese Information zuspielt, irritiert Thomas Bertram, *Magazin*-Chefredakteur mit dem Ruf des Stasi-Jägers. Ein Versuch der amerikanischen Falken, die rotgrüne Bundesregierung zu diskreditieren?

Bertram aktiviert seinen alten Kumpel Jernberg, der seit seiner Enttarnung als angeblicher Stasi-Spitzel sein Dasein als versoffener Pornoreporter fristet. So beginnt die Jagd auf den letzten unentdeckten Top-Spion der DDR …

Akte Zirkon ist ein Schlüsselkrimi. Mit einem Feuerwerk aus brisantem – authentischem! – Material und despektierlichen Pointen beweist der Journalist und Krimiautor Bernd Michels, dass es auch nach Ende des Kalten Krieges heißen Stoff für spannende und intelligente Agentenstorys gibt: deutsch-deutsche Realität (original aus dem Nachlass der Stasi) in einem augenzwinkernd-provokanten Polit-Thriller.

Laubenleiche

Adrenalin 2038 · ISBN 3-88619-938-X

Kieler Woche: Im Getümmel der Bier- und Würstchenbuden an der Förde ergehen sich auch Journalist Lars Remmers und sein Freund Striebeck aus Schwerin. Der redliche Ost-Cop Striebeck hat nichts als Urlaub und einen harmlosen Flirt im Sinn. Doch am nächsten Morgen erwacht er in einer Schrebergarten-Laube und weiß nicht mehr, wie er dorthin gekommen ist. Was sich als besonders ungünstig erweist, da er nur Minuten später von der Kieler Kripo festgenommen wird – als Sexualmörder!

Lars Remmers fällt mit der Pressemeute in die Gartenkolonie ein, ohne auch nur zu ahnen, dass sein Freund der Schlagzeilenstoff ist, nach dem die Kollegen geifern …

Monika Geier

Wie könnt ihr schlafen

Ariadne Krimi 1110 · ISBN 3-88619-840-5

Mitten im tiefsten Grün des Pfälzerwaldes, abseits der großen Städte, scheint die Welt noch in Ordnung. Die Haustüren bleiben unverschlossen – man kennt sich. So auch in Kreimheim, einem kleinen Nest zwischen Kaiserslautern und Neustadt an der Weinstraße. Hinter den zugeklappten Fensterläden des verschlafenen Städtchens rumort es jedoch gewaltig.

Auf dem maroden, aber immer noch herrschaftlichen Anwesen der Familie Marquardt tauchen die Überreste einer Neugeborenenleiche auf. Bettina Boll, Kommissarin beim Ludwigshafener Morddezernat, wird aus dem Urlaub geholt und zur Lösung des Falls in die Hinterpfalz geschickt. Eigentlich ist ihre Blamage vorprogrammiert – denn besagte Kinderleiche liegt bereits seit rund 25 Jahren unter der Erde.

Für die Dörfler ist der Fall klar: Erstens gab es nur einen im Ort, der außerehelich schwängerte – Martin Marquardt, der Bruder des Bürgermeisters, der bei einem »tragischen Unfall« ums Leben kam. Zweitens gibt es nur eine Kreimheimerin, deren Ruf zweifelhaft genug ist: Malerin Klara Sorell, eine Zugezogene, gibt im Gemeindehaus Aktzeichenkurse. Also ist ihr auch ein Kindesmord zuzutrauen. Dorfmoral.

Während der zähen Ermittlungsarbeit und mühseligen Spurensuche in uralten Klatschgeschichten spitzt sich die Situation in Kreimheim zu …

Monika Geier seziert in ihrem Debüt die Doppelmoral des Landlebens hinter den Blumenkästen der Wohlanständigkeit. Ein spannender, kurzweiliger Krimi, aber Vorsicht: Kreimheim ist überall.

»Monika Geier verfügt über die Bösartigkeit aller guten Krimiautorinnen, über Witz und Raffinesse für wirklich subtile Plots. Ihre Bücher sind mehr als eine Entdeckung, sie sind eine Befreiung von schlecht gewordener Konvention.« *Die Zeit*

Monika Geier

Neapel sehen

Ariadne Krimi 1136 · ISBN 3-88619-866-9

Der Sommer treibt seltsame Blüten. Irrlich – eine kleine Gemeinde mitten in der malerischen Pfalz: Die mörderische Sommerhitze lässt die Einheimischen in Lethargie versinken. Doch dann findet die trügerische Beschaulichkeit ein jähes Ende. Im nahe gelegenen Steinbruch entdeckt man die zerschmetterte Leiche der Irrlicher Sportlehrerin Aurelie Loor. Ein Unfall? Die mit dem Fall betraute Kommissarin Bettina Boll und ihr Kollege Willenbacher von der Ludwigshafener Polizei haben Zweifel. Berechtigterweise: Schließlich war Aurelie Loor begeisterte Freeclimberin und die Wand im Steinbruch ein ›Spaziergang‹.

Boll und Willenbacher beginnen im Umfeld der Toten zu ermitteln. Schnell stoßen sie auf einen Sumpf menschlicher Abgründe und kaputter Existenzen. Gehässigen Klatsch gibt es reichlich: über die zwielichtigen Gestalten aus der benachbarten Containersiedlung (alles Kleinkriminelle und Huren!), die eigenbrötlerischen Bewohner vom Antoniushof (das Ergebnis jahrhundertelangen Inzests!) und natürlich über das Opfer selbst: Naturschützerin Aurelie Loor hat das ländliche Idyll gern aufgemischt und sogar in ihrem Freundeskreis zwiespältige Gefühle hervorgerufen.

Das zeigt sich schon bei der Zeugenbefragung von Katrina Klein und Wolfgang Antoni, die die Leiche entdeckt haben. Während Katrina, die Jugendliche aus der Containersiedlung, nichts als hingebungsvolle Begeisterung für die ältere Freundin empfindet, hält sich Wolfgang Antoni seltsam bedeckt. Anscheinend hatte der grobschlächtige Außenseiter vom Antoniushof mit seinen absonderlichen sexuellen Vorlieben eine abstruse Abhängigkeitsbeziehung zu der Toten …

Der zweite Krimi um Kommissarin Bettina Boll: Gewandt führt Monika Geier an die Abgründe menschlicher Alltagsschicksale. Mit dem ihr eigenen Scharfsinn und düsterem Humor zeichnet sie Psychogramme der Außenseiter und Randfiguren unserer Gesellschaft, die trotz all ihrer Absonderlichkeiten immer auch menschlich bleiben.

Weiterlesen! Krimis bei Ariadne

Grae, Camarin
- Seelenraub
Ariadne Krimi 1083; ISBN 3-88619-583-X

Hall, Patricia
- Tödlicher Frost
Ariadne Krimi 1122; ISBN 3-88619-852-9
- Tödlicher Sommer
Adrenalin 2035; ISBN 3-88619-935-5
- Tödliche Wahl
Adrenalin 2022; ISBN 3-88619-922-3

Hansen, Joseph
- Fade Out
Pink Plot 2051; ISBN 3-88619-951-7
- Feindschaftsdienst
Pink Plot 2067; ISBN 3-88619-967-3
- Totengeld
Pink Plot 2062; ISBN 3-88619-962-2
- Tyrannenmord
Pink Plot 2071; ISBN 3-88619-971-1

Haug, Frigga
- Jedem nach seinen Bedürfnissen
Adrenalin 2021; ISBN 3-88619-921-5
- Jedem nach seiner Leistung
Adrenalin 2005; ISBN 3-88619-905-3

Jay, Charlotte
- Das Gift der neuen Welt
Ariadne Krimi 1108; ISBN 3-88619-838-3

Kemmerzell, Anja/Laudan, Else
- Wie schreibe ich einen Krimi?
Ariadne Leitfaden 01; ISBN 3-88619-717-4

Konopik, Iris/Laudan, Else
- Best of Sex bei Ariadne
Ariadne Leitfaden 04; ISBN 3-88619-719-0

Konopik, Iris/Montag, Stefanie
- Coming Out Lesebuch
Ariadne Leitfaden 02; ISBN 3-88619-718-2

Kremmler, Katrin
- Blaubarts Handy
Ariadne Krimi 1131; ISBN 3-88619-861-8

Lasserre, Sonja
- Gestern, heute und kein Morgen
Ariadne Krimi 1020; ISBN 3-88619-520-1

Lauren, Jessica
- Zweimal sterben
Ariadne Krimi 1051; ISBN 3-88619-551-1

Lehtolainen, Leena
- Kupferglanz
Ariadne Krimi 1118; ISBN 3-88619-848-0

McAllester, Melanie
- Der Missionar
Ariadne Krimi 1137; ISBN 3-88619-867-7

Macquet, Claire
- Auf der Suche nach Ammu
Ariadne Krimi 1061; ISBN 3-88619-561-9

Magezis, Joy
- Schüttelfrost
Ariadne Krimi 1028; ISBN 3-88619-528-7

Marcy, Jean
- Eiskaltes Blond
Ariadne Krimi 1133; ISBN 3-88619-863-4

McDermid, Val
- Abgeblasen
Ariadne Krimi 1120; ISBN 3-88619-850-2
- Der Aufsteiger
Ariadne Krimi 1059; ISBN 3-88619-559-7
- Der Fall
Ariadne Krimi 1033; ISBN 3-88619-533-3
- Das Gesetz der Serie
Ariadne Krimi 1112; ISBN 3-88619-842-1
- Das Kuckucksei
Ariadne Krimi 1095; ISBN 3-88619-595-3
- Luftgärten
Ariadne Krimi 1124; ISBN 3-88619-854-5
- Das Manuskript
Ariadne Krimi 1105; ISBN 3-88619-835-9
- Das Nest
Ariadne Krimi 1021; ISBN 3-88619-521-X
- Die Reportage
Ariadne Krimi 1013; ISBN 3-88619-513-9
- Skrupellos
Ariadne Krimi 1126; ISBN 3-88619-856-1

Michels, Bernd
- Akte Zirkon
Adrenalin 2048; ISBN 3-88619-948-7
- Laubenleiche
Adrenalin 2038; ISBN 3-88619-938-X
- Mafiakind
Adrenalin 2020; ISBN 3-88619-920-7

Miller, Martha
- Neun Nächte
Ariadne Krimi 1135; ISBN 3-88619-865-0

Möllenberg, Holger
- Die Adonisfalle
Pink Plot 2061; ISBN 3-88619-961-4

Moers, Meier, Büring, Budéus
- Die Beatles - Geschichte und Chronologie
Ariadne Leitfaden 03; ISBN 3-88619-698-4

Muser, Martin
- Granitfresse
Adrenalin 2023; ISBN 3-88619-923-1
- Das ohmsche Gesetz
Adrenalin 2063; ISBN 3-88619-963-0

Nava, Michael
- Goldjunge
Pink Plot 2003; ISBN 3-88619-903-7
- Stadt der Ehre
Pink Plot 2011; ISBN 3-88619-911-8
- Das innere Gesetz
Pink Plot 2018; ISBN 3-88619-918-5
- Der kleine Tod
Pink Plot 2001; ISBN 3-88619-901-0
- Todes Nähe
Pink Plot 2030; ISBN 3-88619-930-4
- Verbrannte Erde
Pink Plot 2040; ISBN 3-88619-940-1; gebunden
Pink Plot 2056; ISBN 3-88619-956-1; Taschenbuch

Outland, Orland
- Mordsduft
Pink Plot 2049; ISBN 3-88619-949-5
- Todschick
Pink Plot 2042; ISBN 3-88619-942-8

Weiterlesen! Krimis bei Ariadne

Pincus, Elizabeth
- Einsamer Twist
Ariadne Krimi 1121; ISBN 3-88619-851-0
- Katerwalzer
Ariadne Krimi 1127; ISBN 3-88619-857-X
- Schleppertango
Ariadne Krimi 1109; ISBN 3-88619-839-1

Redmann, J.M.
- Mississippi
Ariadne Krimi 1055; ISBN 3-88619-555-4
- Sag niemals ja
Ariadne Krimi 1087; ISBN 3-88619-587-2
- Stein der Waisen
Ariadne Krimi 1103; ISBN 3-88619-833-2
- Stirb, Jokaste!
Ariadne Krimi 1069; ISBN 3-88619-569-4

Riefflin, Karen (Hg.)
- Waterkant in Mörderhand
Kriminalgeschichten aus Hamburg
ISBN 3-88619-494-9

Scharsich, Dagmar
- Die gefrorene Charlotte
Ariadne Krimi 1048; ISBN 3-88619-548-1

Scheen, Kjersti
- Vorhang zum Tod
Ariadne Krimi 1102; ISBN 3-88619-832-4

Schulman, Sarah
- Ohne Delores
Ariadne Krimi 1025; ISBN 3-88619-525-2
- Die Sophie Horowitz Story
Ariadne Krimi 1077; ISBN 3-88619-577-5

Scott, Rosie
- Tage des Ruhms
Ariadne Krimi 1036; ISBN 3-88619-536-8

Småge, Kim
- Die weißen Handschuhe
Ariadne Krimi 1014; ISBN 3-88619-514-7
- Nachttauchen
Ariadne Krimi 1056; ISBN 3-88619-556-2
- Tapetenwechsel
Ariadne Krimi 1086; ISBN 3-88619-586-4

Stern, Adriana
- Hannah und die Anderen
Nachtbrenner 3013; ISBN 3-88619-993-2

Stevenson, Richard
- Umgepolt
Pink Plot 2024; ISBN 3-88619-924-X
- Verraten und verkauft
Pink Plot 2037; ISBN 3-88619-937-1

Sulzenbacher, Hannes
- Letzter Walzer
Pink Plot 2069; ISBN 3-88619-969-X
- Wiener Gift
Pink Plot 2050; ISBN 3-88619-950-9

Taylor, Jean
Wir wissen, wo du wohnst
Ariadne Krimi 1101; ISBN 3-88619-831-6

Thommes, Susanne
- Kronzeugen
Adrenlin 2026; ISBN 3-88619-926-6

Togawa, Masako
- Der Hauptschlüssel
Ariadne Krimi 1010; ISBN 3-88619-510-4

Webb, Cynthia
- Florida Blues
Ariadne Krimi 1111; ISBN 3-88619-841-3

Wilson, Barbara
- Ein Abend mit Vivaldi
Ariadne Krimi 1123; ISBN 3-88619-853-7
- Belladonna - Neun Reisen mit Cassandra
Ariadne Krimi 1097; ISBN 3-88619-597-X
- Ein Nachmittag mit Gaudí
Ariadne Krimi 1027; ISBN 3-88619-527-9
- Mord im Kollektiv
Ariadne Krimi 1079; ISBN 3-88619-579-1
- Der Porno-Kongreß
Ariadne Krimi 1019; ISBN 3-88619-519-8
- Schwestern der Straße
Ariadne Krimi 1049; ISBN 3-88619-549-X
- Trubel in Transsylvanien
Ariadne Krimi 1057; ISBN 3-88619-557-0

Wilson, John Morgan
- Der Gerechte
Pink Plot 2031; ISBN 3-88619-931-2

Wings, Mary
- Sie kam allein
Ariadne Krimi 1115; ISBN 3-88619-845-6
- Sie kam als Mann
Ariadne Krimi 1129; ISBN 3-88619-859-6
- Sie kam gestochen scharf
Ariadne Krimi 1085; ISBN 3-88619-585-6
- Sie kam zu spät
Ariadne Krimi 1031; ISBN 3-88619-531-7
- Sie war schnell wie der Blitz
Ariadne Krimi 1047; ISBN 3-88619-547-3

Ariadne Forum
Frauenkrimi-Almanach
Über ISSN 0941-6749 unter Angabe der Heft-Nr.
Ab Ariadne Forum 2 zusätzlich eigene ISBN
- Ariadne Forum 1 – 1992/93
AF; ISSN 0941-6749; 5 DM
- Ariadne Forum 2 – 1993/94
AF; ISBN 3-88619-693-3; 7 DM
- Ariadne Forum 3 – 1994/95
AF; ISBN 3-88619-694-1; 8 DM
- Ariadne Forum 4 – 1996/97
AF; ISBN 3-88619-695-X
- Ariadne Forum 5 – 1997/98
AF; ISBN 3-88619-696-8